XUN präsentiert:

als Band 11

den Roman

Nebelmond
...unter fernen Sonnen

2.
>>Flucht durch Aliron<<

von W. Berner

Science-Fiction-Abenteuerserie

Freie Redaktion XUN
Postfach 3717 - 74027 Heilbronn
August 2019 - 2. Auflage
© dieser Ausgabe bei FRX

Titelbild: Lothar Bauer
Titelgestaltung: Stefan Böttcher

-XUN präsentiert-
Nr. 11/02:

Redaktion: Bernd Walter
www.fantastischegeschichten.de
www.freie-redaktion-xun.de
E-Mail: webmaster@fantastischegeschichten.de

Originalausgabe - Alle Rechte vorbehalten
Nachdruck, auch Auszugsweise, ohne Genehmigung der
Freien Redaktion XUN ist untersagt.
Auch die kostenloses Weiterverbreitung ohne Genehmigung
ist untersagt und wird als Urheberrechtsverletzung zur
Anzeige gebracht.

Umschlaggestaltung, Druck und Verlag:
BoD - Books on Demand, Norderstedt
ISBN 978-3-7347-4946-9

I

Was bisher geschah:

Der Milliardär Taylor M. Harris III und seine beiden besten Freunde Sheila Armstrong und Mike Iron Zeugen geraten durch Zufall in den Besitz einer geheimnisvollen Karte. Die drei Freunde finden heraus, dass darauf der Weg zu einem geheimnisvollen, mit unwirklichem Nebel angefüllten Tal, irgendwo im Himalaja beschrieben wird. Bald schon sind die drei Freunde zusammen mit einer Gruppe Sherpas in den Bergen Nepals unterwegs, um den Zugang zum geheimnisvollen „Tal der Nebel" zu finden. Fast schon kurz vor der Aufgabe der Suche entdeckt Sheila in der Landschaft eine Felsformation, die auch in jenem seltsamen Traum bei der Anreise vorkam. Der Zugang ins Tal ist gefunden!

In einem von hohen, steilen Felswänden und mit dichtem, merkwürdigerweise warmem Nebel angefülltes Tal, stoßen die Freunde bei weiteren Erkundungen auf ein seltsames, steinernes Tor. Taylor M. Harris wagt, angeseilt an seine Freunde, den Durchgang, als ihn unheimliche und unbegreifliche Kräfte hinfort reißen. Mike und Sheila, durch die Seile mit Taylor verbunden, ereilt das gleiche mysteriöse Schicksal.

Nachdem sie ihr Bewusstsein wiedererlangt haben, finden die Abenteurer die Welt völlig verändert vor. Sie fühlen sich seltsam schwer, der Himmel über ihnen glänzt in fremdartigem Licht, und sie selbst liegen im Zentrum einer großen Steinkreisanlage. Verblüfft erkunden Taylor, Mike und Sheila die neue, fremdartige Umgebung. Zu ihrem Entsetzen müssen sie feststellen, dass ihnen der Rückweg durch das Steintor verwehrt ist. Noch größer ist die Bestürzung, als sie unter fremder Sonne weilen, auf einem fremden Planeten. Doch kaum ist diese Erkenntnis in ihr Bewusstsein vorgedrungen, naht eine neue Gefahr, die sich in Form von schwarzen, fliegenden, stachelbewehrten Kugeln nähert. Noch ehe die drei Menschen wissen, wie ihnen geschieht, werden sie durch die Einwirkung einer unbekannten Waffe zu Boden gestreckt.

Nach Wiedererlangung des Bewusstseins stellen sie fest,

dass sich ihre Lage eher verschlechtert als verbessert hat, denn sie befinden sich in Gefängniszellen. All ihrer Habe und Kleidung beraubt stellen sie Mutmaßungen über ihr Schicksal an. Dann sehen sie sich zum ersten Mal mit ihrem Gefängniswächter konfrontiert, einem Hünen mit tiefvioletter Hautfarbe. Es ist Hlax Pikopiko. Als er erfährt, auf welche Art und Weise die drei Menschen auf den Planeten Oswahaal gelangt sind, drängt er zu eine schnellen Flucht. Noch bevor den Abenteurern so recht bewusst wird, wie ihnen geschieht, befinden sie sich auf der **Flucht durch Aliron...**

Der wie ein zu groß anmutendes Ruderboot aussehende Gleiter, von Pikopiko ‚Schnellser' genannt, glitt in die Nacht des fremden Planeten hinaus. Langsam Fahrt aufnehmend, entfernte er sich von der Wachstation, die noch vor Stunden ein Gefängnis für Taylor, Sheila und Mike gewesen war. Doch dann hatten sich die Ereignisse überschlagen. Nicht nur, das ihr Hlax- Wächter eine kaum zu glaubende, genetische Übereinstimmung zwischen seiner Rasse und den Menschen feststellte. Als er nämlich erfuhr, auf welche Art und Weise der Milliardär und seine beiden Gefährten auf den Planeten Oswahaal gelangt waren, hatte er zur gemeinsamen Flucht gedrängt. Dabei legte er eine Eile ab den Tag, die den New Yorkern mulmig werden ließ. Sie bekamen eine Ahnung davon, was es wohl heißen würde, in die Hände der Quintarische Garden zu fallen Mit bangem Herzen und voller Und nun saßen die drei Abenteurer von der Erde in ihren Schalensitzen und blickten voller Unbehagen in den Nachthimmel über ihnen.
„Merkwürdig...", sinnierte Mike Iron vor sich hin, während er in dem Gewimmel der Sterne am Nachthimmel Oswahaals irgendetwas suchte, was ihm bekannt vorkam. „Auf der einen Seite wirkt diese Sternennacht so vertraut irdisch, und doch, auf der anderen Seite, bei näherem

hinsehen, absolut fremdartig."
„So etwas ähnliches ging mir auch gerade durch den Kopf", sagte Sheila.
„Ich habe mir...."
Weiter kam sie nicht. Hinter ihnen, bereits ein gutes Stück entfernt, flammte ein sonnenheller Ball genau dort auf, wo sie die Wachstation wussten, die sie gerade mal vor einer handvoll Minuten verlassen hatten.
Sekunden später orgelte der brüllende Donner einer Explosion über den davonschwebenden Schnellser hinweg.
Gleich darauf war auch die Druckwelle heran.
„Wow!", schrie Taylor Harris erschrocken auf, und die drei Abenteurer zogen Reflexhaft die Köpfe ein.
Doch außer, dass sich das seltsame Schwebegefährt nur kurz ein wenig unwillig schüttelte, geschah den Insassen nichts. Lediglich das Schirmfeld, welches den Passagierraum überspannte, blitzte und leuchtete einige Male kurz auf, hielt aber die Auswirkungen der Explosion ansonsten völlig ab.
„Was war das denn?", fragte Mike völlig perplex.
„Wieso ist denn die Station in die Luft geflogen?"
Sheila hatte ganz andere Sorgen.
„Zum Glück hat sie das jetzt erst getan!", gab sie noch immer sehr erschrocken von sich.
„Stellt euch vor, wir wären da noch drinnen gewesen!"
„Na, ich glaube, es wäre uns nicht sonderlich viel geschehen", meinte Taylor trocken. „Ich meine, wenn wir noch in der Station säßen, dann hätte es keine Explosion gegeben."
Er wendete sich dem violetten Hünen zu, der den Schnellser völlig unbeeindruckt von dem eben geschehenen in die Nacht Oswahaals hinaus steuerte. „Stimmt's, oder habe ich Recht, mein neuer Freund?"
Der Hlax am Steuer stieß ein heiseres Lachen aus.
„Du bist nicht nur im Bett zu gebrauchen, du hast auch was in deinem hübschen Kopf, mein Freund", sagte er.
Taylor M. Harris hüstelte sich verlegen.
„Ach nein, der große Industriemagnat wird doch wohl

nicht etwas rot werden?", feixte Sheila. „Sei froh, dass es dunkel ist, und wir's nicht sehen können."
„Du hast Sorgen, Sheila!", maulte Mike.
„Der große, massige Leibwächter hat offensichtlich nicht ganz so viel Grips unter seinen Kurzgeschorenen, schwarzen Haaren. Daher würde ich wirklich gerne wissen, warum die Wachstation in die Luft geflogen ist!"
„Ganz einfach", antwortete Pikopiko ohne sich umzudrehen.
„Es verwischt unsere Spuren und verschafft uns ein wenig Zeit."
„Dann war die Explosion dein Werk?" fragte Mike verblüfft.
Er konnte sehen, wie die dunkle, massige Gestalt des Hlax in einer sehr menschlichen Geste mit dem Kopf nickte.
„Ich habe in der Energieversorgung eine Überlastung herbeigeführt", bestätigte er. „Die von den Generatoren gelieferte Energie konnte nicht mehr in Verbrauch oder die Speicher abfließen. Wenn dann ein kritischer Punkt erreicht wird – BUMM!"
„Aber das war doch auch dein Zuhause!", warf Mike ein.
Pikopiko lachte mit einem bitteren Unterton.
„Hlax haben kein Zuhause. Ich hatte unter Strafandrohung in diesem Außenposten meinen Dienst zu leisten. Da versucht man, es sich wenigstens einigermaßen gemütlich einzurichten."
Er schwieg einen kurzen Moment.
„Ja, ich habe dort gelebt. Gezwungenermaßen. Ein Zuhause ist in meiner Vorstellung dagegen ein Ort, wo die Hlax dieser Galaxis gemeinsam leben, ein Volk sein können."
Pikopiko seufzte tief.
„Aber so lange mein Volk über das ganze Quintarium verstreut ist und es uns bei Todesstrafe verboten wurde, dass wir uns an einem Ort sammeln, wird das nur ein vergeblicher Traum bleiben."
„Und du meinst, diese Explosion wird genügen, um diese ominösen Garden von unserer Spur abzubringen?", brachte Harris das Thema wieder auf die eigentliche Frage Mikes

zurück.
„Für den Moment ja", antwortete der Hlax.
„Die thermische Explosionswolke breitet sich ringförmig um ihr Epizentrum aus. Dadurch wird die schwache Wärmespur des Schnellsers überlagert", erläuterte er den drei Menschen die Lage.
„Das Standard- Untersuchungsprozedere konzentriert sich zunächst auf das Explosionszentrum, arbeitet sich dann aber auch in konzentrischen Kreisen von diesem Zentrum weg. Dabei wird dann man zwangsläufig früher oder später auch die Wärmesignatur von uns anmessen."
„Aber sitzen wir in diesem Ding dann nicht wie auf einem Präsentierteller?", wollte Sheila besorgt wissen.
„Ab einem gewissen Punkt, ja", gab Pikopiko zu.
„Und was werden wir dagegen tun?"
„Oh, ich tue schon was", beruhigte sie der Neugewonnene Freund.
„Wenn ihr über den Rand des Schnellsers schaut, werdet ihr bemerke, dass wir über einem Wasserlauf schweben. Das dämpft die Wärmesignatur erheblich."
„Aber das wird letztendlich nicht ausreichen, oder?", mutmaßte Taylor.
„Stimmt, mein Freund. Es wird nicht ausreichen."
„Und dann?"
„Wir fliegen bis zum Morgengrauen in östliche Richtung weiter", erklärte der violette Hüne. „Dann befinden wir uns bereits tief in der Steppe von Aliron. Da lebt ein guter, alter Freund von mir, ein Orrwe namens Tantraal. Ich habe ihm eine Nachricht zukommen lassen, daher wird er uns mit Reittieren erwarten. Den Schnellser werde ich dann auf einen Kurs zur nördlichen Küste dieses Kontinents programmieren. Außerdem initiiere ich dessen Selbstzerstörung. Unsere Spur wird also im Nichts enden. Aliron ist ein kleiner Kontinent. Und wenn die Garde nicht weiß, wo sie mit ihrer Suche anfangen soll, kann sie lange suchen. Im der Braungrassteppe ist schon so mancher verschwunden und nie wieder aufgetaucht."
„Na Prosit!" meinte Mike und verdrehte die Augen.

„Das sind ja berauschende Aussichten!"
Pikopiko lachte.
„Keine Sorge, mein Freund mit den dunklen Haaren. Uns wird nichts geschehen. Tantraal kennt Aliron wie den Inhalt seiner Umhängetasche."
„Wird uns die Garde denn genügend Zeit lassen?", wollte Taylor wissen, der noch nicht ganz beruhigt war.
„Ich denke schon", antwortete der Hlax.
„Bisher verlief alles nach Standardprozeduren. Offensichtlich hatte die Drohnenkontrolle euer Auffinden nicht als besonderes Ereignis eingestuft. Sonst wären schon innerhalb von einer Stunde Gardegleiter bei mir aufgetaucht und hätten euch zum Gardehort auf Brasur gebracht. Daher schätze ich, dass die Garde erst so zwei bis drei Stunden nach dem Aufgang der beiden Sonnen an der Wachstation auftauchen werden."
„Dein Wort in Gottes Ohr!", brummelte Mike vor sich hin.
Er verschränkte die Arme vor der Brust und ließ sich tief ins bequeme Polster seines Sitzes sinken.
„Ihr solltet versuchen, ein bisschen zu ruhen", schlug Pikopiko vor.
"Es wird ein anstrengender Tag werden."
„Und was ist mit dir?", fragte Harris den Hünen mit den orangefarbenen, dicken Haaren.
„Hlax brauchen nur sehr wenig Schlaf. Außerdem muss einer ja den Schnellser steuern. Und ich glaube nicht, dass du oder deine beiden Begleiter viel Erfahrung mit einem solchen Gefährt haben."
„Der Punkt geht an dich, mein Freund", erwiderte der Milliardär aus New York schmunzelnd.
Dann lehnte auch er sich zurück und ließ seinen Blick in den Sternenübersäten Nachhimmel Oswahaals hinauswandern.
„So vertraut, und doch so fremd...", flüsterte er.
Anschließend versuchte er, es sich so bequem wie möglich zu machen, und dem Rat ihres neuen Freundes, sich ein wenig auszuruhen, zu befolgen.

„Aufwachen, Taylor!"
„Hm?"
„Du sollst aufwachen, mein lieber!"
Sheilas Stimme klang ein wenig drängend und hörte sich für Taylor an, als würde sie mindestens fünf Meter von ihm entfernt stehen. Dass dies nicht der Fall war, bemerkte er, als er nach dem zweiten Anruf blinzelnd seine Augen öffnete. Zuerst erblickte er die komische Kopfbedeckung auf Sheilas Kopf, welche ihn am ehesten an einen altertümlichen Nachttopf erinnerte. Dann wurde er erst der langjährigen Freundin gewahr, die neben seinem Sitz kniete und ihn sanft wachrüttelte.
„Was gibt es zum Frühstück?", brummte er schlaftrunken vor sich hin.
Etwas breites, tief Violettes drängte sich in sein Gesichtsfeld.
„Etwas kaltes Fleisch, Nüsse und ein paar getrocknete Früchte", sagte Pikopiko und hielt ihm einen Beutel hin, der wohl das beschriebene beinhaltete. „Und zu trinken kann ich anstatt heißem Tembro leider nur Wasser anbieten."
„Besser als nichts", sagte Taylor, gähnte herzhaft und streckte sich hernach ausgiebig.
„Sind wir schon, da, wo immer dieses ‚da' auch sein mag?", fragte er dann.
„Schau dich halt um", war die kurze Antwort.
Taylor M. Harris III. erhob sich, um die Umgebung zu mustern. Im rötlichen Dämmerlicht der großen Sonne Bolsa bot sich ihm ein Anblick, der ihn zunächst ein wenig an einen Bambuswald erinnerte. Der Schnellser stand auf einer kleinen Lichtung riesiger Halme, die allerdings nur auf den ersten Blick wie Bambus anmutenden. Auf dem zweiten Blick waren sie Schachtelhalmen sehr viel ähnlich. Sie ragten bis zu geschätzten vier Metern in die Höhe, und waren zirka alle fünfzig Zentimeter von einer Einschnürung unterteilt, aus der dann jeweils dünne, Unterarmlange Blätter hervor sprossen. Die Gewächse selbst hatten dann an der Spitze Farnähnliche, Büschelweise angeordnete Blattauswüchse. Die Farbe dieser Riesengräßer variierte

von dunkelgrün, über Blautöne bis hin zu einem Braun-Violett.
„Und so etwas bezeichnet ihr als Steppe?", staunte Taylor, während er aus dem Schnellser kletterte.
„Jetzt verstehe ich erst, wenn du sagst, dass hier manche hinein gingen und nie wieder aufgetaucht sind!"
„Mal den Teufel nicht an die Wand!", rief Mike, der ein paar Meter entfernt stand und damit beschäftigt war, sich eine Art Rucksack umzuschnüren. Momentan kämpfte er mit seiner Sackleinenartigen, weiten Jacke, in der sich die Riemen des Rucksacks immer wieder verhedderten.
„Abgesehen davon, dass hier keine Wand zur Verfügung steht, um Zeichnungen irgendwelcher Art zu fertigen, braucht ihr keine Angst haben", beruhigte in Pikopiko.
„Tantraal kennt...."
„Die Gegend wie das Innere seiner Umhängetasche!", vervollständigte Taylor. „Du erwähntest es schon."
Daraufhin schlug ihm der Hlax freundschaftlich auf die Schultern, was den Milliardär beinahe dazu veranlasst hätte, stöhnend in die Knie zu sinken. Aber stattdessen biss er die Zähne zusammen und lächelte ein wenig gequält.
Der violette Hüne spähte noch einmal über den Rand in das Innere des Bootsähnlichen Schnellsers.
„Ich glaube, wir haben alles ausgeräumt", stellte er zufrieden fest.
„Die Flugroute und die Selbstzerstörung habe ich programmiert", erklärte er dann mit einem Seitenblick auf die drei Menschen.
„Dann wollen wir den Schnellser mal auf seine letzte Reise schicken!"
Er beugte sich durch die geöffnete Seitentüre ins das Innere des Gefährts und presste den Daumen seiner rechten Hand auf den Starsensor. Anschließend schloss er die Türe und trat einen Schritt beiseite. Mit leisem Summen erwachte das Antriebsaggregat zum Leben. Es erhob sich etwa dreißig Zentimeter über den Boden, anschließend wurden die vier kleinen Stummelbeine eingezogen. Nahezu lautlos

steuerte das bootähnliche Gebilde mit dem auffälligen, blauen Wulst auf den nahen Wasserlauf zu und verschwand dann in nördlicher Richtung aus dem Blickfeld der Gefährten.
Die drei Abenteurer schauten dem Schnellser mit gemischten Gefühlen hinterher. Es war ein bequemes Gefährt gewesen. Jetzt stand ihnen erst einmal ein längerer Fußmarsch bevor, ehe sie sich mit dem Orrwen Tantraal treffen würden. Und wer weiß, was das für Reittiere sein würden, von denen Pikopiko gesprochen hatte.
Dieser drängte nun zum Aufbruch. Mike und Taylor folgten dem Hlax auch sogleich. Sheila starrte noch einige Momente lang in die Richtung, in der der Gleiter verschwunden war.
„Sheila, kommst du?", erklang da die Stimme Taylors.
Mit einem tiefen Seufzer wandte sich die irischstämmige New Yorkerin ab, schnappte ihren Rucksack und trottete hinter den Männern her, die einige Meter voraus im Riesengraswald auf sie warteten.

An einem anderen Ort des Planeten erwachte soeben auch das Leben, im häuslichen, privaten Bereich und ebenso auch im Öffentlichen.
Uisuu, seines Zeichens Quin- Regulator im Dienste des Quintariums von Rhog-Than und damit Sachwalter der Quintaten auf Oswahaal, betrat sein großes, karg möbliertes und auf reine Zweckmäßigkeit ausgelegtes Büro im zentralen Trakt des Gardehorts an den Nordküste des Kontinents Brasur. Er hatte schlecht geschlafen, denn sein Körperpanzer befand sich gerade in einer Wachstumsphase und hatte die ganze Nacht über fürchterlich gejuckt. Aus diesem Grund hatte Uisuu äußerst schlechte Laune. Nicht, das er etwa an den anderen Tagen wesentlich besser gelaunt gewesen wäre. Aber an diesem Morgen war er besonders schlecht drauf. Jemand, der ihn kannte, merkte dies an den hektischen Bewegungen seiner vier Augenstiele, und daran, dass er ständig die beiden Gelenke

seiner dreigliedrigen Arme knacken ließ. Da Blyss von Natur aus hartherzig, ja sogar grausam veranlagt waren, bedeutete dies, dass es das Beste war, das Genick oder ähnliche Gelenkvorrichtungen einzuziehen, und sich dabei möglichst unsichtbar zu machen. Ansonsten konnte eine Konfrontation mit dem Quin- Regulator schnell tödlich enden. Mit einem mürrischen Pfeifen aus seiner runden Mundöffnung nahm der Blyss im Sessel hinter seinem Schreibtisch platz. Es war eine Spezialanfertigen, die den auf der Rückseite nach außen gewölbte Panzer sanft aufnahm und dem Sitzenden eine bequeme Ruhe- oder Arbeitshaltung ermöglichte.
Uisuu stieß einen grellen Pfiff aus, ein Kommando in der Blyss- Sprache Ou. Auf dieses Kommando hin erhellten sich die großen Fenster des Büroraumes wie von Geisterhand. Das rötliche Licht der gerade aufgegangenen, orangefarbenen Sonne Bolsa flutete in den kargen Raum hinein und verlieh ihm dadurch einen temporären, rotgoldenen Glanz. Bol, der weiße Zwerg, ließ sich noch nicht sehen, aber kalkig weißes Licht am fernen Horizont kündeten sein baldiges erscheinen an. Der Quin- Regulator ließ diese friedliche Morgenstimmung einige Minuten lang auf sich einwirken. Er genoss diese ruhigen Minuten, bevor die niemals enden wollende Arbeit im Dienstes des Quintariums begann. Von seinem Büro aus, hoch oben in einer der fünf Zacken des kronenförmigen Gardehorts, hatte er auch einen faszinierenden Ausblick auf die Landschaft der Nordküste des Südkontinents Brasur. Blickte er direkt in nördliche Richtung, konnte er die Fluten des großen, zentralen Meerkreises erblicken. In Momenten wie diesen dachte er an seine Heimatwelt Blyssaa, der einzige Planet der Sonne Yak-Yak-Sternenglanz, und mehr als 2700 Lichtjahre von Oswahaal entfernt. Nicht, dass er etwa Heimweh hätte. Immerhin aber war Blyssaa die Welt, auf der er aus dem Ei geschlüpft war, und in deren Ozeanen er die ersten fünf Jahre seines Lebens verbracht hatte. Er empfand zumindest so etwas wie Dankbarkeit dafür, dass er leben durfte.

Oswahaal war für Uisuu eine Welt am Rande des Nichts, ganz am Rande des Westquadranten des Quintariums von Rhog-Than. Ein unbedeutender Außenposten, mit einem kleinen Handelsstützpunkt, einem Raumhafen und viel zu viel der lethargischen, tölpelhaften und dummen Orrwen, die zu nichts zu gebrauchen war. Irgendetwas musste er in einer frühen Reinkarnation verbrochen haben, damit ihn das Regulatorium im Quin-Habitat auf Rhog-Than auf diesen Elendsposten verschoben hatte. Nun, er würde wohl an dem faulen Ei riechen müssen und versuchen, das Beste aus der Situation zu machen. Immerhin hatte er die Genugtuung, dass er andere, niedergestelltere als ihn, für diese Schmach leiden lassen konnte. Und das wusste er weidlich auszunutzen.

Der schmächtige, mit fast drei Metern Körpergröße überschlank wirkende Blyss stieß ein gleichförmiges Summen aus, Äquivalent für einen tiefen Seufzer. Dann rief er sich das Ereignisjournal der letzten 26 Stunden auf den Tischmonitor seines gewaltigen Schreibtisches. Damit begann er jeden seiner Arbeitstage hier im Gardehort.

Die Liste schien nichts besonderes zu beinhalten. Da war ein betrügerischer Sklavenhändler auf dem Sklavenmarkt des Kontinents Togasta. Ein Händlerschiff hatte eine Bruchlandung auf dem Raumhafen von Nkott-Nkott hingelegt. Nun, dafür würde der Händler zahlen müssen. Und wenn er das nicht konnte, der Sklavenmarkt brauchte ständig Frischfleisch. Uisuu gab eine entsprechende Anweisung an die Raumhafenverwaltung heraus. Die Orrwen- Siedlungen auf Brasur hatten es wieder einmal überhaupt nicht eilig, ihre Quin- Kontributionen zu entrichten.

„Vielleicht sollten wieder einmal einige öffentliche Züchtigungen durchgeführt werden?", murmelte der Quin-Regulator vor sich hin, verwarf den Gedanken aber gleich wieder. Orrwen nahmen derartige Strafen mit einem solchen Gleichmut und einer beängstigenden Ruhe hin, dass es einfach keinen Spaß machte, sie zu Quälen. Aber er wäre nicht Uisuu gewesen, wenn ihm bei Gelegenheit

nicht irgendeine nette Gemeinheit einfallen würde. Der Rest der Meldungen war der übliche Kleinkram. Das meiste vom am dichtesten besiedelten Kontinent Brasur, einige von Togasta, und eine Meldung vom Kontinent Aliron. Schon streckte er seinen rechten Arm aus, um das Monitorfeld zu deaktivieren, da stutzte er. Seine vier Augenstiele fixierten die Meldung vom Kontinent Aliron.
„Saptraal!", schrie er im nächsten Moment außer sich vor Zorn nach seinem ersten Sekretär.
Gleich darauf öffnete sich die Tür zum Vorzimmer seines Büros, und die Schlangengestalt seines Sekretärs schlängelte sich nahezu lautlos in den großen Raum hinein. Vor dem großen Schreibtisch hielt er an und hob seinen Oberkörper so weit nach oben, dass er Problemlos über die Arbeitsfläche schauen konnte. Seine beiden Arme hielt er dabei ehrerbietig vor seinem Körper verschränkt.
„Regulator?"
Die gelben, senkrecht geschlitzten Augen des Ssann hatten sich in Erwartung von Anweisungen auf den Blyss gerichtet.
„Finde heraus, wer gestern in der Nachrichtenzentrale Dienst hatte, und schicke diesen minderbemittelten Flyss augenblicklich zu mir!", kam es donnernd aus dem Linguator des Quin- Regulators. Das Heulen und Summen der Blyss- Sprache Ou füllte parallel dazu den Raum und peinigte die empfindlichen Schallöffnungen Saptraals.
„Ich werde den Befehl sofort umsetzen", entgegnete der Ssann servil und sah zu, dass er den Raum verließ.
An seinem Arbeitsplatz rief er sofort die Dienstpläne der verschiedenen Abteilungen des Gardehorts auf. Innerhalb von nur wenigen Minuten hatte er ermittelt, wer am gestrigen Tag in der Nachrichtenzentrale Dienst gehabt hatte. Sogleich informierte er die Leitung der Quintarischen Garde und forderte den Betreffenden an, wobei er betonte, dass dies auf den ausdrücklichen Befehl des Quin- Regulators geschah. Die Art und Weise, wie Saptraal die Order weitergab, signalisierte der entgegennehmenden Stelle, dass der Angeforderte wohl nicht wieder zum Dienst

erscheinen würde. Fast hatte der Ssann Mitleid mit dem einfachen Soldaten.
"Besser er, als ich", stieß er dann zischelnd aus.
Ssann waren als Opportunisten verschrien, die sich ausschließlich um sich selbst und ihr Wohl bemühten, und dabei jedem zu Diensten war, der die Macht innehatte. Mitleid mit anderen war ihnen eher ein fremdes Gefühl. Und so widmete sich Saptraal auch sogleich wieder seinen anderen Tagesaufgaben und verschwendete keine weiteren Gedanken mehr an den bedauernswerten Zon, der in diesen Minuten wohl von der Gardeleitung zum Quin-Regulator befohlen wurde.
Es verging einige Zeit, doch dann meldete sich Saptraal bei seinem Herren.
"Regulator, der angeforderte Wachmann ist da!"
"Schick ihn rein!", kam es mühsam beherrscht über die Sprechanlage durch.
Der Ssann machte eine nickende Bewegung in Richtung der Tür hin und betätigte gleichzeitig den Öffnungsmechanismus. Der kurz zuvor eingetroffene Zon-Soldat aus der Quintarischen Garde setzte sich auf seinen kurzen Säulenbeinen in Bewegung und betrat das Büro des Quin- Regulators. Hinter ihm schloss sich die Tür sogleich wieder.
Uisuu hatte sich erhoben und überragte mit fast drei Metern Körpergröße den Zon- Soldaten um einen guten Meter. Seine vier Augenstiele auf dem Schädelgrat hatten sich auf den Zon- Sarka ausgerichtet, und seine kreisrunde Mundöffnung glühte in Unheil verkündendem Rot. Er betrachtete den Ankömmling, einen Zon- Gardisten des untersten Ranges mit mühsam beherrschter Wut.
Ein irdischer Beobachter hätte in Aussehen und Gestalt auf dem ersten Blick ein zwei Meter großes, aufrecht gehendes Seepferdchen gesehen. Im Gegensatz zu diesen bewegen sie sich allerdings auf zwei kurzen, kräftigen, Krallen bewehrten Säulenbeinen fort. Im oberen Rumpfbereich entsprangen vier Arme, die in schlanken, achtfingrigen Händen auslaufen. Der Rücken war mit einem

Stachelkamm bewehrt; der Körper selbst von einer groben, teilweise korkig wirkenden, lederartigen Haut überzogen, deren Farbe ein sattes Grün zeigte, was ihn als einen jungen Mann auswies. Im Gesichtsbereich dominierten chamäleonartige Augen. Auf dem trompetenartig auslaufenden Rüssel befanden sich sechs kreisrunde Atemöffnungen. Zum riechen allerdings benützen der Zon seine lange, grüne Zunge, mit der er unentwegt züngelte.
Der mit einer dunkelroten Kombination aus Wookaari-Echsenleder kam vor dem Arbeitspult des Quin- Regulators zum stehen, stampfte einmal mit seinem rechten Säulenbein auf und schlug sich krachend alle vier zu Fäusten geballte Hände salutierend vor die Brust.
„Zon- Sarka Emerphen meldet sich wie befohlen!", zirpte er mit der für Angehörige seiner Rasse hohen, fistelnden Stimme, die von zwei kleinen Membranen auf der Unterseite seiner Trompetenartigen Schnauze erzeugt wurden. Seine beiden vorspringenden und unabhängig voneinander bewegbaren Augen blickten scheinbar starr und Ausdruckslos gerade nach vorne.
„So!", sagte Uisuu mit gefährlicher ruhiger Stimme.
„Du bist also derjenige, der gestern Dienst in der Nachrichtenzentrale hatte. Kannst du mir mal verraten, was deine Aufgabe dort war?"
Die Augen des Gardisten begannen nervös zu zucken.
„Ich sichtete die eingehenden Informationen, stufte sie ihrer Wichtigkeit entsprechend ein und leitete sie gegebenenfalls an einer andere Institution zur weiteren Verfolgung weiter", antwortete er in militärisch geschultem Tonfall. „Am Ende meiner Schicht stellte ich dann wie immer ein Journal für die Gardeführung und den Quin- Regulator zusammen."
„Und? Ist deiner Meinung nach etwas Wichtiges passiert?"
Der Linguator gab diese Worte vor Hohn triefend wieder, was den jungen Zon- Sarka zunehmend verunsicherte. Er versuchte sich krampfhaft an all das zu erinnern, was während seines Dienstes zu ihm durchgedrungen war.
„Ich...weiß nicht...", stammelte er zögernd.
Langsam griff die eiskalte Angst nach ihm.

„Er weiß nicht!", höhnte der Quin- Regulator und stampfte einmal mit seinem Fußkissen auf, was ein seltsam schmatzendes Geräusch verursachte.
„Was hast du dann in der Nachrichtenzentrale zu suchen, wenn du ‚nichts' weißt, du unfähiger Idiot!", schrie Uisuu.
„Oder was meinst du zu der Nachricht, dass auf Aliron drei Individuen festgesetzt wurden, die nicht von dieser Welt zu stammen scheinen?"
„Aber das war doch nur eine Standardsituation!", wagte der Zon- Sarka einen zaghaften Widerspruch.
„Gardedrohnen haben diese Leute aufgegriffen und in die nächste Wachstation gebracht. Dort wurden sie arrestiert. Die nächste Routine- Patrouille bringt die Gefangenen heute am Nachmittag in den Gardehort zum Verhör."
„Standardsituation?", brüllte der Quin-Regulator aufgebracht.
Krachend ließ er das Handkissen des rechten Arms mit geballten Muskelfingern auf sein Pult sausen. Gleichzeitig traf ein mächtiger Schlag den unvorbereiteten Zon-Gardisten. Aufschreiend brach dieser zusammen und wälzte sich vor Schmerzen fiepend am Boden. Uisuu hatte ihm den Gardeschlag verpasst. Die vier Augenstiele des Blyss tanzten einen befriedigten Reigen, als er die leidende Kreatur sich am Boden winden sah.
„Drei unbekannte Individuen tauchen urplötzlich auf einer seit Jahrhunderten für jeden gesperrten Insel auf, wo sich das Tor von Anklamurie befindet, unseligen Relikten aus den Zeiten der schwächlichen Herren von Malsamon", sagte Uisuu kalt.
„Und ebenfalls seit Jahrhunderten gibt es die strikte Anweisung, dass jede, ich wiederhole, jedwede Aktivität auf der Insel Kardor unverzüglich dem Gardeleiter und dem Quin- Regulator mitzuteilen ist. Jede Person, die die gesperrte Insel auf irgendeinem Weg betritt, ist auf schnellste Art und Weise zum Gardehort zu überführen, von wo aus sie mit dem nächsten Kronenraumer nach Rhog-Than, ins Zentrum des Quintariums zu verfrachten ist!"

Wieder löste der Blyss den Gardeschlag aus. Der am Boden liegende Zon stieß ein flehendes Wimmern aus, krümmte und streckte sich, wand sich in unsäglichen Qualen auf dem kalten, grauen Kunststoffboden.
„Das ist deine Standardsituation, du erbärmlicher Wicht!", kreischte der Quin-Regulator mit schrillem Diskant.
Wieder und wieder versetzte er der gequälten Kreatur den Gardeschlag, selbst als diese sich nicht mehr rührte. Nur langsam konnte sich der Blyss wieder beruhigen. Nach einigen Minuten ließ er sich pfeifend in seinen Sessel sinken, atmete ein paar mal tief durch, und rief dann mittels Tastendruck seinen Sekretär in den Arbeitsraum hinein.
Die Tür öffnete sich, und die gut 2,50 Meter lange und etwa 60 cm durchmessende Schlangengestalt Saptraals schlängelte sich herein.
Er würdigte die am Boden liegende Gestalt des toten Zon nur mit einem kurzen Seitenblick. Dann richtete er sich auf und erwartete die Anweisungen seines Herrn.
„Lass den da...", sagte der Quin- Regulator und wies mit einer abfälligen Handbewegung auf den getöteten Zon-Gardisten, „...lass den da beseitigen. Und dann veranlasse, dass sofort ein Patrouillengleiter zur Wachstation von Aliron geschickt wird, der die drei von den Gardedrohnen festgesetzten Fremdweltler abholt. Die entsprechenden Daten findest du im Aufgabenspeicher."
Der Ssann blinzelte zur Bestätigung mit seinen gelben Augen und wandte sich um.
„Und sorge dafür, dass ich sofort unterrichtet werde, wenn der Transport im Gardehort eintrifft!", rief der Quin-Regulator der sich davon schlängelnden Gestalt seines Sekretärs hinterher.
Bald würde es sich nun zeigen, ob Pikopiko rechtzeitig genug mit seinen drei neuen, terranischen Freunden die Flucht angetreten hatte, oder ob die Quintarische Garde schneller als gehofft auf ihre Fährte gelangen würde. Eines aber war jetzt schon sicher: die Zukunft von Taylor, Sheila und Mike war ungewisser als jemals zuvor.

Etwa eine Stunde, nachdem der Zon-Sarka Emerphen in das Büro von Quin- Regulator Uisuu zitiert worden war, um dort dann eines grausamen, qualvollen Todes zu sterben, verließ ein Gleiter der Quintarischen Garde den Gardehort am Nordrand des Kontinents Brasur. Es war ein Standard-Fahrzeug, eine Scheibe von ellipsoider Form, zehn Meter lang, fünf Meter hoch, und mit einer größten Breite von sechs Metern. An den jeweiligen Schmalenden ragte die für Gardeschiffe typischen Zacken aus dem Grundkörper hervor, in denen Waffen-, Orter- und Funksysteme untergebracht waren. Die Außenhülle des Gleiters schimmerte golden im morgendlichen Lichte Bolsa-Bols, dem Doppelgestirn, um das der Planet Oswahaal, auf dessen südlicher Hemisphäre sich der Kontinent Brasur befand, kreiste. Der Gleiter flog in einem eleganten Bogen auf den zentralen Ringozean hinaus und steuerte den weiter nördlich gelegenen Kontinent Aliron an. Sein Ziel war die kleine Wachstation, nicht weit weg von der Insel Kardor im See Edral. Die Zon- Gardisten an Bord des Gleiters hatten den Auftrag, von dort drei mysteriöse Fremde abzuholen, die offensichtlich durch das auf der Insel Kardor gelegene Tor von Anklamurie nach Oswahaal gekommen waren. Der Befehl der Quintaten von Rhog-Than lautete unmissverständlich, dass alle Ankömmlinge, die über die Sternenwege der alten gütigen Herren von Malsamon ins Quintarium gelangten, unverzüglich festzusetzen und auf den Nebelmond, dem Herzen des Sternenreichs zu verfrachten waren. Dort, im Quin- Habitat, herrschten die Quintaten. Der Zon-Sarka, der im Büro von Quin- Regulator Uisuu sein Leben lassen musste, hatte die Ankunft von drei Individuen durch das Tor von Anklamurie in der Nacht zuvor als Nebensächlichkeit eingestuft. Das war ihm teuer zu stehen gekommen. Uisuus Befehl lautete, diesen Fehler so schnell wie möglich auszumerzen und die Ankömmlinge aus der Wachstation in den Gardehort zu verbringen. Von dort aus hatte man vorab schon versucht, die Station anzufunken. Doch es kam keine Antwort. Man maß diesem Umstand aber nicht zu sehr viel Bedeutung bei. Die Wachstation war lediglich mit einem einzigen Mann besetzt, ein Hlax namens Pikopiko. Wenn er sich auf seinen Patrouillengängen befand, war er manchmal tagelang nicht in der Station anzutreffen. Dort eingesperrte Individuen konnten sehr gut von den Servosystemen versorgt werden.

Der Garde- Gleiter beschleunigte und raste wie ein goldener Pfeil über die graugrünen Wassermassen des Ringozeans dem Kontinent Aliron entgegen. Für die acht Zon-Sarka und ihrem Gruppenführer, Zon-SarkaN Amirphan schien es ein ganz normaler Routineeinsatz zu werden. Es dauerte nicht lange, bis die Südküste des nördlichen Kontinentes Aliron in Sicht kam. Aliron war nur spärlich besiedelt. Es gab einige Ansiedlungen der einheimischen Orrwen, und nur eine einzige Stadt, die Hafenstadt Braah. Ansonsten war der Kontinent von riesigen Braungrassteppen überzogen, mit Ausnahme des Bergmassivs aus hohen Tafelbergen, in denen der See Edral mit der Insel Kardor darin verborgen lag.

Die Zon- Gardisten an Bord des Gardegleiters orientierten sich an der Hafenstadt Braah und schwenkten dann in Nordöstliche Richtung ab. Dort, östlich der Tafelberge lag die Wachstation, in der laut Meldung Gardedrohnen Fremde abgeliefert hatten, die zum einen dem Volk der Tallwen sehr ähnlich sahen, zum anderen urplötzlich und wie aus dem Nichts auf der Insel Edral auftauchten. Doch als der Gleiter die Koordinaten der Wachstation erreicht hatte, brach Unruhe unter den Zon-Sarka aus. Denn anstatt auf ein flaches Gebäude blickte die Zon-Gardisten auf einen gut zehn Meter tiefen und zwanzig Meter durchmessenden Explosionskrater, der von einem weiten Ring aus Trümmern, Gestein und Pflanzenteilen umgeben war. Die Gardisten blickten sich gegenseitig aus ihren Chamäleonartigen Augen an. Der Zon-SarkaN Amirphan rümpfte verblüfft seinen Trompetenartigen Rüssel. Er

züngelte nervös.
„Scannt das ganze Areal", befahl er dann seinen Untergebenen mit zirpender Stimme. „Ich will wissen, was hier geschehen ist, bevor ich den Gardehort verständige."
Er beobachtete die Zon-Sarka seiner Truppe, die sich emsig an die befohlene Arbeit machten. Ein kalter Schauer der Angst rieselte Amirphan über seine dunkelgrüne, korkig wirkende Haut, als er daran dachte, wie unzufrieden Quin-Regulator Uisuu sein würde, wenn er ihm die Zerstörung der Wachstation meldete. Wartete der Blyss doch darauf, die drei Fremdlinge überbracht zu bekommen. Das Scannen nahm geraume Zeit in Anspruch. Als Amirphan das Ergebnis mitgeteilt bekam, wusste er schon im Voraus, dass sich der Quin- Regulator damit nicht zufrieden geben würde. Er schloss kurz seine Augen und sprach ein Stoßgebet an Z-Phen, die Herrscherin des Feuers, dann kontaktierte er den Gardehort. Er hatte die Hoffnung, dass er nur mit der Einsatzleitung und nicht direkt mit dem Quin- Regulator würde sprechen müssen.
„Zon-SarkaN Amirphan spricht", meldete er.
„Wir haben die befohlenen Koordinaten erreicht, mussten aber feststellen, dass die Wachstation, in der wir drei fremde Individuen abholen sollten, zerstört ist."
Der Zon-Sarka im Gardehort, der die Meldung entgegennahm, kam nicht zu einer Antwort. Stattdessen wechselte abrupt das Bild und zeigte nun den Kopf von Quin- Regulator Uisuu. Die vier Augenstiele auf dem Schädelgrat des Blyss waren auf Amirphan gerichtet und tanzten in einem unruhigen, nichts Gutes verheißenden Rhythmus auf und ab. Das orangefarbene Leuchten hinter seiner Kreisförmigen Mundöffnung verstärkte den bedrohlichen Eindruck noch: Uisuu war alles andere als erbaut von der Nachricht aus dem Gardegleiter.
„Zerstört?", schrillte es in Quotram aus den Akustikfeldern der Funkanlage. „Wie kann die Station zerstört sein? Gestern Abend war doch noch alles in Ordnung?"
„Wir konnten feststellen, dass wahrscheinlich ein überladener Energiespeicher der Grund für die Explosion

war", gab Amirphan nervös zur Antwort.
„Wahrscheinlich? Damit gebe ich mich nicht zufrieden, Zon-SarkaN!" sagte Uisuu gefährlich ruhig, während das orangene Leuchten in seiner Mundöffnung langsam rote Färbung annahm.
„Mit unseren Mitteln vor Ort sind keine anderen Ergebnisse zu erzielen", versuchte der Gruppenleiter zur erklären, wobei er versuchte, möglichst neutral zu klingen. Dabei war im alles andere als neutral zumute. Uisuu war für seine Brutalität bekannt. „Wir hatten nur einen Abholauftrag und sind dementsprechend mit einem Transportgleiter hierher gekommen", führte er weiter aus, in der Hoffnung, der Quin- Regulator würde seine Erklärung akzeptieren. „Transportgleiter haben nur eine beschränkte Ausrüstung an Bord."
Eine kleine Pause entstand, nachdem Amirphan seine Ausführungen beendet hatte. Die vier Augenstiele des Blyss führten nach wie vor ihren unruhigen Tanz auf, während sie den Zon fixiert hielten. Amirphan wagte kaum zu atmen.
„Ihr bleibt vor Ort", sagte der Blyss dann nach schier endlos erscheinender Zeit. „Es wird Euch ein Spezialgleiter zur Unterstützung geschickt. Und du, Zon-SarkaN, du wirst mir persönlich Bericht erstatten. Und bete zu deinen vier Göttern, dass du mit plausiblen Fakten aufwarten kannst!"
Die Verbindung erlosch und Amirphan schickte ein kurzes Dankesgebet an Z-Phen, die ihm für den Moment wohl beigestanden haben musste. Ob sich der Schutz der Göttin auch noch auf das nächste Gespräch mit dem Quin-Regulator erstreckte, dies würde sich noch erst erweisen müssen.
Die angekündigte Unterstützung aus dem Gardehort lies nicht allzu lange auf sich warten. Äußerlich sah der ankommende Gleiter wie eine Kopie des Transportgefährtes aus, doch Amirphan wusste, dass dieses Fahrzeug mit modernster Scan- und Ortungstechnik ausgestattet war. Er nahm kurzen Kontakt mit dem Truppführer des hinzugekommenen Gleiters auf, um ihn zu informieren und

um sich abzustimmen. Sodann ging man dort drüben an die Arbeit. Der Gleiter schwebte zunächst über die tiefste Stelle des Explosionskraters und verharrte dort einige Minuten lang völlig regungslos in der Luft. Antennen, Scanner und Sensoren wurden aus bis dato unsichtbaren Öffnungen ausgefahren. Anschließend drehte sich der Messgleiter einige Male im Kreis herum. Für einen unbedarften Beobachter mutete das vielleicht seltsam an, doch dieses Vorgehen hatte seinen Grund. Schon einen kurzen Moment später konnte man nämlich erkennen, dass aus der Dreh- eine Spiralbewegung wurde. Es handelte sich um eine Spirale, die sich mit jeder Runde weiter öffnete. Der Gleiter tastete so jeden Quadratzentimeter vom Boden, und jeden Kubikzentimeter der Luft über dem Explosionsgrund und darüber hinaus ab. Diese Arbeitsweise war persé zwar etwas Zeitaufwändig, brachte aber die besten Resultate, was die Ergebnisse von Explosionsermittlungen betraf.

Langsam, aber unaufhörlich entfernte sich der Arbeitsgleiter vom Explosionszentrum. Mit jedem Entfernungsschritt ohne sichtbares Ergebnis sank der Mut Amirphans weiter ins Bodenlose. Er sah sich schon auf den Richtplatz enden, weil der Quin-Regulator ihn wegen Ergebnislosigkeit zum Tode verurteilt hatte. Er konnte gar nicht aufhören zu Züngeln, so nervös war er mittlerweile. Die Farbe seiner korkig aussehenden Haut hatte schon einen ungesunden Stich uns dunkelgraue bekommen. Angespannt saß er vor den Kontrollen des Transportgleiters und las die Untersuchungsergebnisse ab, die unaufhörlich auf einem kleinen Bildschirm in Augenhöhe vor ihm eingeblendet wurden. Die Tätigkeit war eintönig, und den eingeblendeten Daten war nichts entnehmbar, was sie nichts selbst schon vorher festgestellt hatten. Wieder und wieder durchforstete Amirphan den Wust an Informationen. Plötzlich schreckte er auf. Gerade hatte er etwas in den Zeilen erspäht, was ihm erst mit ein bisschen Verzögerung ins Bewusstsein vorgedrungen war. Rasch ließ er seine Augen den Datentext zurückwandern.

Da war es!
Mit einem der acht Finger seiner rechten Hand tippte er auf eine Stelle des Bildschirms. Mit den dort fixierten Informationen würde sich etwas anfangen lassen. Etwas, was ihm womöglich eine ernsthafte Konfrontation mit dem Quin- Regulator ersparte. Rasch rief der Zon-SarkaN noch einige weitere Berichte ab, verglich und analysierte. Dann stellte er sich eine kurze Zusammenfassung des Gelesenen her. Anschließend atmete der Truppführer der Quintarischen Garde noch einige Male tief durch, um seine Nervosität in den Griff zu bekommen. Schließlich nahm er seinen ganzen Mut zusammen, rief den Gardehort an, und verlangte dort, sogleich mit Uisuu verbunden zu werden. Bis die Verbindung zu Stande gekommen war, hatte Amirphan wieder zu der für Zon so sprichwörtlichen Emotionslosigkeit zurückgefunden.
„Ich höre?", sagte Quin- Regulator mit betonter Ruhe zu dem Zon- Gardisten.
„Der Spezialgleiter hat unsere Vorab- Messungen bestätigt", meldete Der Zon-SarkaN dem Regulator aus dem Volk der Blyss. „Die Zerstörung der Wachstation erfolgte auf Grund einer Überladung des Energiespeichers."
„Ja, und?", fragte Uisuu scheinbar regungslos. Doch das Aufflammen des orangenen Leuchtens in seiner Mundhöhle zeigte an, dass sich der Grad seines Unwillens rasch erhöhte.
„Es konnte jedoch nicht nachgewiesen werden, dass bei der Explosion auch jemand getötet wurde", beeilte sich Amirphan deshalb schnell, seine Meldung weiterzuführen.
„Nein?"
Uisuu wirkte schlagartig interessierter. Das orangene Leuchten in seiner Mundhöhle schwächte sich ab, wie der Zon- Gardist erleichtert zur Kenntnis nahm.
„Nein", bestätigte er noch einmal. „Es wurde zwar Biomasse nachgewiesen, aber die gefundenen Fragmente stammen einwandfrei von Nahrungsmitteln wie Obst, Gemüse und Fleisch ab, die in der Station ohne Zweifel gelagert waren."

„Es kam dort also niemand ums Leben", sagte Uisuu am anderen Ende der Verbindung mehr zu sich selbst als zu Amirphan.
„Das heißt, die Fremden, die auf der Insel Kardor aus dem Nichts erschienen sind, müssen noch am Leben sein. Fragt sich nur, wo."
„Möglicherweise haben wir da eine Spur entdeckt", bemerkte der Zon- Gardist vorsichtig.
Der Quin- Regulator horchte auf.
„Eine Spur?", rief er, und seine vier Augen bildeten auf ihren Stielen einen waagerechten Strich, untrügliches Zeichen für höchste Anspannung.
„Die Explosion hat zwar in unmittelbarer Umgebung durch die thermische Energie alle Signaturen und verwertbaren Spuren vernichtet", berichtete Amirphan weiter, „aber der Messgleiter konnte in östlicher Richtung, etwa 700 Meter vom Explosionsherd entfernt, eine schwache Wärmespur sichern. Es deutet alles auf einen Schnellser hin, der sich wohl von der Station entfernt hatte, bevor diese Explodierte. Leider lässt sich nicht sagen, wer, und vor alle, wie viele Passagiere sich an Bord des Schnellsers befunden hatten."
„Ich gehe davon aus, dass es mindestens vier waren", sagte Uisuu. „Die drei Fremden und diese Hlax- Wachmann!"
Der Blyss reckte in einer verärgerten Geste seine vier Augenstiele senkrecht nach oben.
„Nichts als Ärger hat man mit diesen kraxalen Hlax!"
Dann schwenkten seine Augen wieder auf den Zon- SarkaN.
„Es steht mir zwar nicht zu, die Entscheidungen der Quintaten zu kritisieren", sprach er weiter, „Aber ich verstehe einfach nicht, warum wir diese Hlax in Nestwolle packen müssen, anstatt sie einen nach dem anderen zu liquidieren!"
Uisuu starrte den Zon über den Bildschirm hin an, doch dieser hütete sich wohlweislich, diesen rhetorischen Ausbruch des Quin- Regulators zu kommentieren.

Stattdessen wartete er ruhig und geduldig auf neue Anweisungen.
„Also gut!", gab Uisuu schließlich von sich, als er in Gedanken verschiedene Szenarien durchgedacht hatte.
„Du wirst mit deinem Trupp und dem Messgleiter zusammen die Spur des Schnellsers nach Norden verfolgen. Ich werde noch einen weiteren Kampftrupp hinzubeordern. Findet raus, wohin die Fremden verschwunden sind. Greift sie auf und bringt sie unbeschadet zu mir in den Gardehort. Hast du mich verstanden?"
„Ja, Quin- Regulator Uisuu", antwortete Amirphan und nahm Habacht- Stellung vor dem Bildschirm ein. „Ich habe deine Befehle verstanden. Die Zon- Gardisten der Quintarischen Garde werden sie sofort umsetzen!"
Die Verbindung erlosch und der Zon-SarkaN instruierte seine und die Zon des Messgleiters über die neuen Instruktionen.
Die Jagd hatte damit begonnen.

Sie waren jetzt schon mindestens zwei Stunden durch die Braungrassteppe Alirons marschiert. Das Fortkommen gestaltete sich dabei weniger schwierig, als von Taylor zunächst befürchtet. Die Schachtelhalm- ähnliche Stämme des Braungrases standen meist so weit voneinander entfernt, dass man bequem zwischen ihnen hindurchschlüpfen konnte. Zudem gab es hin und wieder so etwas wie Pfade, die wahrscheinlich von kleineren Tieren, die am Grunde dieses Grasmeeres lebten, hervorgebracht worden waren. Missmutig schaute sich Taylor M. Harris, der den Schluss ihrer kleinen Gruppe bildete, um. Die Grasstämme, die verschiedenen Wuchsstadien und Farben – alles sah gleich für ihn aus, egal, in welche Richtung er auch schaute. Hätte Pikopiko jetzt von ihm verlangt, dorthin zurückzukehren, wo sie den Schnellser verlassen hatten, Taylor hätte den Weg niemals wieder dorthin zurück gefunden. Deswegen konnte der New Yorker Milliardär auch beim besten Willen nicht

abschätzen, wo sie sich befanden, und wie weit sie bereits in die Steppe aus Braungras vorgedrungen waren. genau so gut hätten sie die ganze Zeit im Kreis laufen können. Dieser Umstand beunruhigte Taylor sehr.
„Bist du dir sicher, dass wir auf dem richtigen Weg sind?", rief er nach vorne, in Richtung ihres neu gewonnenen Freundes Pikopiko.
Der Hlax mit der tiefvioletten Haut, der die kleine Gruppe anführte, blieb stehen und wendete sich zu ihm um. Taylor fühlte den Blick seiner intensiv Bernsteinfarbenen, kreuzförmig geschlitzten Pupillen auf sich ruhen, während er langsam aufschloss, und schließlich neben Mike Iron und Sheila Armstrong vor ihm stehen blieb.
„Meinst du nicht, dass du mir in dieser Beziehung durchaus vertrauen kannst?", antwortete der Hlax erst jetzt auf die Frage Taylors. Dabei blickte er den schlanken, athletisch gebauten Milliardär aus New York forschend an.
„Schon...", gab dieser herumdrucksend zur Antwort,
Dann machte er eine umfassende Geste mit seinem Arm in Richtung des Braungraswaldes um sie herum.
„Wir marschieren jetzt schon eine ganze Zeitlang durch diese ‚Steppe', und trotzdem habe ich das Gefühl, als ob wir überhaupt nicht vorankämen", erläuterte er dem violetten Freund. „Das hat überhaupt nichts damit zu tun, dass ich deine Fähigkeiten anzweifeln würde, Pikopiko", fügte er dann noch entschuldigend hinzu. „Es ist nur...für mich sieht alles gleich aus. Ich hätte ohne dich in nur einem Augenblick hoffnungslos die Orientierung verloren. Und ich wette, Mike und Sheila wird es nicht viel anders gehen."
Er schaute seine beiden menschlichen Freunde an, und die nickte nahezu simultan zur Bestätigung.
„Man, Pikopiko...", sagte nun auch Mike, „Wir fühlen uns nur so hilflos hier auf diesem...Planeten."
Mike deutete nach oben, in Richtung der Wipfel der bis zu vier Meter hohen Braungrasstauden.
„Das Blätterdach dieser seltsamen Steppe ist so dicht, dass man kaum den Stand der beiden Sonnen abschätzen kann.

Gleichzeitig herrscht hier unten eine Art Dämmerlicht. All das zusammen ist so..."
"Unsagbar fremd für Euch", vervollständigte der Hlax den Satz für Mike.
Er lächelte Verständnisvoll.
"Ich kann nachfühlen, wie es euch gehen mag", sagte er dann.
"Aber wenn es euch beruhigt: Tantraal ist nicht mehr weit weg von uns. Ich kann ihn schon spüren!"
"Spüren?", fragte Taylor verständnislos, und auch Mike schaute recht bedröppelt drein.
"Ja, ich spüre ihn", wiederholte Pikopiko.
Der violette Hüne heftete den Blick seiner Augen auf Sheila, die sich bisher noch nicht zu seiner Behauptung geäußert hatte.
"Und was ist mit dir, Sheila?", fragte er die irischstämmige New Yorkerin.
"Es ist so ein...Kribbeln im Bauch", antwortete diese zögerlich. "Ist es das was du meinst?"
Pikopiko grinste zufrieden.
"Ja, so in etwa könnte man es beschreiben."
"Ein Kribbeln im Bauch?", echote Mike zweifelnd.
"Was hat denn das mit diesem Tantraal zu tun?"
Taylors Miene, die bis dato einen eher nachdenklichen Zug aufgewiesen hatte, hellte sich plötzlich schlagartig auf.
"Infraschall!", rief er aus. "Das muss es sein, Pikopiko, oder? Schall mit sehr tiefen Frequenzen!"
"Nicht schlecht, mein Freund", bestätigte der Hlax die Vermutung Taylors. "Trotzdem dein Volk noch nicht weit im Universum herumgekommen zu sein scheint, wisst ihr doch das eine oder andere", fügte er dann noch in einer sehr menschlich anmutenden Geste des Augenzwinkerns hinzu.
"Na, ein Hinterwäldlervolk sind wir auch nicht gerade", ereiferte sich Mike, dem das Scherzhafte in Pikopikos Bemerkung offensichtlich entgangen war. "Trotzdem wäre es nett, wenn mir jemand erklären könnte, was ihr mit Infraschall meint", bat er dann seine Gefährten doch noch

ein wenig Kleinlaut.
„Das ist wie beim Subwoofer deiner Stereoanlage", erklärte im Sheila.
„Du weißt doch, die tiefen Bässe, die dir in den Magen wummern und alles zum vibrieren bringen."
„Ja, und", sagte Mike, noch etwas begriffsstutzig.
„Schau", begann deshalb nun Taylor etwas weiter auszuholen.
„Du weißt doch, dass Wale und Elefanten sich über weite Strecken mit sehr tiefen Tönen verständigen können?"
„Jaaa...", antwortete Mike gedehnt.
„Diese Töne muss man gar nicht hören, aber manchmal kann man sie spüren", ergänzte Sheila.
„Ach und ihr meint, bei diesem...Orrwen, oder wie die heißen, bei denen ist das wie bei den Elefanten?", sagte Mike, bei dem der Groschen so langsam fiel.
„Und wie mit den Walen", meinte Taylor Kopfnickend.
„Das muss man einem tumben Bodyguard doch sagen!", beschwerte sich Mike in gespielter Entrüstung.
„Dann wollte uns Pikopiko also mitteilen, dass er seinen Freund, diesen Tantraal, schon spürt, weil der in der Lage ist, Infraschall- Töne von sich zu geben!"
„Jeopardy!", rief Taylor lachend. „Der Kandidat hat Hundert Punkte!"
„Nun mach dich über den dummen Bodyguard auch noch lustig", maulte Mike.
Doch Sheila hakte sich bei dem Freund unter.
„Kopf hoch, mein Knuddelbär", sagte sie aufmunternd.
„Wo steht geschrieben, dass jeder alles wissen muss?"
„Auch wieder richtig", meinte Mike, schon wieder halbwegs mit sich und der Welt versöhnt.
„Und wann treffen wir deinen Freund endlich?", fragte er dann Pikopiko.
„Es kann sich nur noch um Minuten handeln", antwortete dieser. „Tantraal müsste jeden Moment vor uns im Graswald auftauchen."
Und tatsächlich, wie es Pikopiko vorausgesagt hatte, dauerte es keine fünf Minuten mehr. Das erste, was die

drei New Yorker von dem Orrwen wahrnahmen, war ein Berg aus dunkelbraunem, dickem, langem und sehr zotteligem Haar. Der Orrwe wandte ihnen den Rücken zu, musste ihr kommen aber gehört haben. Doch anstatt sich zu erheben und umzudrehen, geschah etwas anderes. Der Medizinball große, kugelrunde Kopf drehte sich bist fast ganz nach hinten zu ihnen herum. Mike riss überrascht seine Augen auf, während Taylor ein scharfes Zischen ausstieß. Sheila dagegen entschlüpfte ein erschrockenes „Hu?"
Für ihre Begriffe riesige, dunkelbraune, sehr Ausdrucksstarke Augen schauten ihnen aus einem Gesicht entgegen, bei dem sich beim ersten Betrachten der Vergleich mit einem Uhu oder anderem Eulenvogel auftat. Flache, kreisrunde Spiegel aus feinem, hellem Flaum umgaben die dunklen Augen. Damit hörte die Ähnlichkeit zu terranischen Eulenvögeln aber auch schon auf. In der Mitte des so fremdartig und doch gleichzeitig so faszinierenden Gesichtes prangte eine Faustgroße, Samtbraune Knollennase, die von einem verwirrenden Muster aus feinen, hell- Ockerfarbenen Linien verziert wurde. Mund und Ohren hingegen blieben unter dem Zottelfell des Orrwen verborgen. Doch zumindest der Mund machte sich sofort bemerkbar, nämlich als er sich öffnete, um die Ankömmlinge zu begrüßen. Und schon wieder waren die drei Menschen höchst überrascht. Denn aus der zotteligen, bärigen und großen Gestalt Tantraals klang ein helles Kinderstimmchen hervor, wie man es bei einem zehnjährigen Jungen vermutet hätte.
„Da seid ihr ja endlich, Pikopiko!", rief ihnen die massige Gestalt entgegen.
Als der Hlax mit seinen drei neuen Freunden näher trat, erhob sich Tantraal. Fast erschrocken registrierten Taylor, Mike und Sheila, dass der Orrwe gut und gern eine Körpergröße von mindestens 2,20 Meter hatte. gerade noch konnten sie den Impuls unterdrücken, vor Schreck einen Schritt zurückzuweichen. Das hätte ihr Führer durch die Braungrassteppe womöglich als Unhöflich betrachtet.

Pikopiko breitete seine Arme aus und ging mit lachendem Gesicht auf den Zottelberg zu.
„Tantraal, welch Freude, dich endlich mal wieder zu sehen!", rief er ihm freudig entgegen.
„Gute Freunde trifft man viel zu selten auf der Welt", entgegnete Tantraal und drückte den Hünenhaften Hlax, der neben ihm aber seltsam klein wirkte, an sein Zottelfell, in dem er fast zur Hälfte verschwand. Bei dieser Gelegenheit konnten die drei New Yorker erkennen, dass Orrwen offensichtlich über recht feingliedrige Hände verfügten, die neben zwei Daumen noch fünf Finger besaßen, insgesamt als siebgliedrig waren. Nach der überschwänglichen Begrüßung der beiden Freunde trennten sich diese wieder und die volle Aufmerksamkeit des Orrwen wandte sich den Menschen zu.
„Ihr seid also diejenigen, von denen eine unserer ältesten Prophezeiung spricht", sagte er mit fröhlicher Kinderstimme, die für Taylors Auffassung so ganz und gar nicht zu der Erscheinung passte.
„Na ja, keine Ahnung...", gab er zögerlich zur Antwort, weil er sich und seine Freunde einfach nicht als Teile einer Prophezeiung sehen konnte.
„Pikopiko hat das jedenfalls behauptet."
„Weil wir aus diesem Dingsda, diesem Tor von Anklamwasweisich gekommen sind", versuchte Mike zu ergänzen.
„Anklamurie", flüsterte ihm Sheila zu, der es irgendwie peinlich war, das Mike die Sache mit der Prophezeiung offensichtlich zu leicht nahm.
„Ja richtig", korrigierte er sich auch sogleich, als er Sheilas Unmut spürte. „Das Tor von Anklamurie."
Tantraal betrachtete die drei einige Zeit lang schweigend, so dass sich die Abenteurer von der Erde schon fast wie auf dem Seziertisch vorkamen.
„Nun...", sprach der Orrwe schließlich gedehnt weiter, „Wir werden sehen, wie ihr drei mit den Weissagungen in Übereinstimmung zu bringen seid. Auf jeden Fall ist es bemerkenswert, dass ihr durch ein...", er zwinkerte Mike

zu, „...ein ‚Wasweisich' gekommen seid, das schon viele Tausend Jahre lang keine Reisenden mehr transportierte."
Der Blick seiner Augen verharrte kurz auf Mike Iron.
„Interessant", sagte er dann. „Ihr könnt eure Hautfarbe wechseln?"
Damit meinte er, dass Mikes Gesichtsfarbe nach der Scherzhaften untermalten Rede des Orrwen zartrosa Färbung angenommen hatte.
„Issgleichwiederweg", nuschelte dieser verlegen vor sich hin und senkte seinen Blick zu Boden.
„Wie dem auch sei", fuhr Tantraal fort, „Ihr seid in jedem Fall bemerkenswert. Schon, weil eure Genpool, wie mir mein Freund Pikopiko berichtete, zu gut 90 % mit dem des Volkes der Hlax übereinstimmt. Das sind irgendwie zu viele Zufälle. Und außerdem...", er wendete sich Sheila zu und musterte sie aufmerksam.
„Sag, mein Kind", fragte er sie, „Sag, hast du die Gabe?"
Sheila blickte den Orrwen irritiert an. Zum einen, weil es ihr merkwürdig vorkam, von jemanden, der eine helle Kinderstimme besaß, als „mein Kind" angesprochen zu werden. Zum anderen, weil sie nicht genau wusste, auf was Tantraal hinauswollte.
„Ich...ich weiß nicht...?", antwortete sie deswegen verunsichert.
„Nun, auch dies werden wir in Erfahrung bringen können."
Jetzt breitete er seine Arme in derselben Weise aus, wie vorhin, als er seinen Freund, den Hlax begrüßte.
„Kommt, Kinder, kommt zu Tantraal."
Pikopiko nickte den drei Menschen aufmunternd zu, die sich zögerlich in Richtung des Orrwen in Bewegung setzten. Dann legte dieser seine langen Arme um sie und drückte sie an sein überraschend weiches Zottelfell, welches einen angenehmen Duft verströmte, der ein wenig an weihnachtliche Lebkuchenbäckerei erinnerte.
„Ich heiße auch auf Oswahaal, der Welt der Orrwen, auf das innigste Willkommen", sagte Tantraal mit feierlicher Stimme. „Wir werden Euch als Freunde betrachten und tun, was in unserer Macht steht, um Euch den Zugriff des

Quintariums zu entziehen. Ihr seid von nun an auch meine Freunde."
Taylor, Sheila und Mike spürten, dass es dem Orrwen aus tiefsten Herzen Ernst damit war, was er zu ihnen sagte. Und so erlebten die drei Menschen hier an einem fernen, unvorstellbar weit von der Erde entfernten Planeten, das beglückende Gefühl, einen weiteren Freund gefunden zu haben. Und so kosteten sie diesen Moment der Wärme und unvoreingenommener Zuneigung bis aus letzte aus. Denn ihnen war nur zu bewusst, dass sich ihre Situation von jetzt auf nachher dramatisch ändern konnte. Ihnen war klar, dass die Quintarische Garde ihre Spur aufgenommen haben musste. Und sie würden Gejagte bleiben, hier auf einer Welt am Rande eines fremden Sternenreiches.

„Was zum Henker ist das?"
Taylor M. Harris III stand wie angewurzelt da und sein ausgestreckter Arm zeigte nach vorne, in Richtung einer kleinen Lichtung, zu der sie ihr neuer Freund Tantraal, der Orrwe, hingeführt hatte. Auch der Gesichtsausdruck von Mike Iron und Sheila Armstrong schwankte zwischen grenzenloser Verblüffung, Unglauben und Erschrecken hin und her. Es musste ein seltsamer Anblick sein, den die drei Menschen ihren beiden Begleitern boten. Mindestens genauso seltsam, wie das, was diese auf der Lichtung vor ihnen zu sehen bekamen.
Tantraal, der zottelige und wie ein gutmütiger Bär wirkende Orrwe, blieb stehen und drehte sich zu den drei New Yorkern hin um.
„Na, das ist das Fortbewegungsmittel, von dem ich gesprochen hatte", meinte er ein wenig verwundert über die Reaktion der Drei. „Es sind natürlich Hulatli!"
„Natürlich Hulatli?", echote Taylor verständnislos.
„Als du uns vor einer Stunde ein Fortbewegungsmittel versprochen hast, da habe ich, haben wir nicht...DAS da erwartet!"

„An was hattet ihr denn gedacht?", fragte Pikopiko seinen neuen Freund von der fernen Erde interessiert. Er war am Schluss der kleinen Gruppe gelaufen, um sie nach hinten abzusichern. Nun hatte er zu den drei Menschen aufgeschlossen.
„Ein Gleiter vielleicht, oder auch Schnellser, wie man hier dazu sagt", antwortete der hellblonde Milliardär. „Oder Pferde. Zur Not auch noch einen Esel. Aber keine...keine...", er suchte nach Worten, während sein Blick zwischen der Lichtung und dem violetten Hünen hin und her irrte, „...kein Riesen- Hummer!"
Und in der Tat, der Anblick, der sich Taylor, Mike und Sheila bot, wirkte auf die drei Menschen mehr als exotisch. Die Bezeichnung ‚Riesen-Hummer' beschrieb die dort wartenden Tiere schon recht genau. Denn die Körperform entsprach weitgehend dem der terranischen Krustentiere. Ein leicht keulenförmiger, dass heißt, vorne verdickter Körperbau, der nach hinten hin abflachte und schmaler wurde, und am Ende fächerförmig verbreitert, den Boden berührte. Dieser Körper ruhte auf drei Beinpaaren, auch in etwa so angeordnet wie beim irdischen Gegenstück. Vorne besaßen diese Tiere auch große Scheren, die aber proportional nicht so gewaltig im Verhältnis zum Körper wirkten, wie es bei einem Hummer der Fall war. Taylor konnte vier Augenstiele erkennen, zwei kürzere und zwei etwas längere, auf denen dunkle, kugelförmige Augen ruhten. Tastruten wie beim Hummer gab es jedenfalls keine. Auch schienen diese Tiere keinen Panzer zu haben. Auf die Entfernung hin wirkte die Haut eher lederartig, borkig. Insgesamt fünf dieser seltsamen Erscheinungen warteten auf der Lichtung. Es waren zwei größere, etwa knapp drei Meter lange und gut hundertfünfzig Zentimeter hohe Tiere und drei kleinere, die nur etwa zwei Meter lang und etwas mehr als einen Meter hoch waren. Sie stopften sich friedlich Blattwerk in ein breites Maul. Die Pflanzenteile hatten sie sich zuvor mit ihren schlank geformten Scheren von den Braungrasstämmen abgeschnitten. Alles in allem ein Bild der Harmonie, was

aber auf Taylor und seine Freunde überhaupt nicht beruhigend wirkte.
Pikopiko legte Taylor beruhigend seine Hand auf dessen Schulter.
„Meine Freunde", sagte er mit sanfter Stimme, „Ein Schnellser kommt wegen der Ortungsgefahr nicht in Frage, sonst hätten wir ja meinen behalten können. Außerdem kenne ich keinen Hummer, und was ein Pferd oder ein Esel ist, das weiß ich auch nicht. Umgekehrt verstehe ich natürlich, dass ihr keine Ahnung habt, wer oder was Hulatli sind. Woher solltet ihr auch, ihr kamt ja gerade erst auf Oswahaal an. Aber ich kann euch versichern, dass es keine freundlicheren und zuverlässigeren Transportmittel gibt, als wie Gnonn und seine Familie."
„Gnonn?", fragte Mike zurück.
„Ihr habt diesen Hulti, oder wie die heißen, Namen gegeben?"
„Aber nein!", antwortete Tantraal, der Orrwe, an Pikopikos statt. „Es sind ihre eigenen Namen. Die beiden großen Hulatli sind Gnonn und seine Gefährtin Gangna. Bei den kleineren dreien handelt es sich um deren Nachkommen, Gnagna, Gangnag und Gangan."
„Und ich werde gaga, wenn ihr meint, ich könnte mir das merken", meinte Mike Iron verwirrt, nachdem er Tantraals Erklärung vernommen hatte. „Ich dachte, das wären Tiere?"
Tantraal schüttelte seinen kugelrunden Kopf.
„Es sind Eingeborene Oswahaals, so wie wir Orrwen. Sie sind in ihrer Intelligenzentwicklung nur nicht so weit vorangeschritten wie wir. Nichtsdestotrotz sind sie denkende, fühlende und sehr soziale, sorgenden Wesen. Wir Orrwen können mittels unserer Emphatie ohne Worte mit ihnen kommunizieren. Ich habe Gnonn gebeten, uns behilflich zu sein. Weil wir lange befreundet sind, hat er zugestimmt, wenngleich er in Euch etwas fremdeliches, unkenntiges sieht, wie er sich auszudrücken beliebte. Da hat wohl die Neugierde gesiegt."
„Na, dann sollten wir den Hulatli dankbar sein", sagte

Taylor nach einer kurzen, nachdenklichen Pause. „Ich persönlich bin froh, wenn ich nicht mehr weiterlaufen muss, und mich ein wenig ausruhen kann. Die Schwerkraft auf diesem Planeten ist höher, als auf unserer Erde. Das zehrt, und ich fühle mich schon jetzt ganz kaputt."
„So geht es mir auch!", pflichtete Mike dem Freund bei.
Sheila Armstrong nickte nur schweigend dazu. Überhaupt, sie hatte sich in der vergangenen Stunde merkwürdig ruhig verhalten. Sie war blass, sah abgekämpft aus und unter ihren Augen hatten sich schon dunkle Ringe gebildet. Taylor musterte sie verstohlen und mit besorgtem Blick. Dann drängte Tantraal die Gruppe zum Aufbruch, und gemeinsam ging man zu den wartenden Hulatlis hinüber. Tantraal begab sich schnurstracks zu einem der beiden erwachsenen Hulatli. Taylor vermutete stark, dass es sich dabei um Gnonn handelte. Der Orrwe legte Gnonn seine Pranke auf die ledrige Haut und verharrte kurz in aller Stille. Pikopiko und die drei New Yorker standen abwartend daneben. Schließlich löste sich Tantraal wieder von dem Hulatli und wendete sich seinen Reisegefährten zu.
„Alles klar", rief er. „Gnonn und seine Familie sind bereit, uns nach Seloro zu bringen."
„Seloro?"
Mike Iron blickte den zotteligen Orrwen fragend an.
„Mein Dorf", erklärte dieser. „Dort, wo wir euch für ein paar Tage verstecken wollen."
„Ach so", machte Mike und nickte dazu, als wenn das alles eine ganz alltägliche Sache sei. „Klar, nach Seloro, wohin sonst."
Allerdings schloss er seine Bemerkung mit einem Riesenseufzer ab, der klar machte, dass ihm alles andere als alltäglich zumute war.
„Wir sollte aufsitzen und machen, dass wir davonkommen", forderte Pikopiko die Gruppe mit Nachdruck auf. „Tantraal und ich werden wegen unserer Größe auf den beiden erwachsenen Hulatli reiten. Ihr drei nehmt auf den Rücken der Nachkommen Platz."
„Na denn wollen wir mal", sagte Taylor und warf einen

immer noch recht unsicheren Blick auf die jungen Hulatlis.
„Komm Sheila, ich helfe dir beim Aufsitzen", bot er dann seiner langjährigen Freundin an.
Die versuchte tapfer zu lächeln, doch im nächsten Moment schlug sie ihre Hände vor ihr Gesicht und fing bitterlich an zu weinen. Taylor trat rasch zu ihr und nahm sie besänftigend in seine Arme
„Ach Taylor...", schluchzte sie unter Tränen, „Es ist alles so unsagbar fremd hier. Das Licht, die Erde, der Geruch, die Umgebung...so fremd! Ich habe mich noch nie so verloren gefühlt. Wir sind im All gestrandet und wissen nicht, ob wir jemals wieder nach Hause kommen. Ich möchte einfach nur aufwachen und sagen können, dass dies alles nur ein bizarrer Traum war!"
Taylor wusste beim besten Willen nicht, was er ihr auf diese Worte hin antworten sollte. Hatte sie doch nur ausgesprochen, wie es auch in ihm aussah, und wahrscheinlich auch nicht viel anders bei Mike. Gerne hätte er ihr sagen mögen, dass alles gut werde, und dass sie sicher wieder nach Hause gelangen würden. Doch er konnte es nicht. Ihre Heimat war unvorstellbar weit entfernt. Sicher hatten sie Freunde in der Fremde gefunden. Aber auch Feinde. Und die waren, soweit er das mitbekommen hatte, mächtig und böse. Während Taylor also noch nach Worten rang, spürte er Berührungen zu beiden Seiten. Er zuckte erschrocken zusammen, als er sich und Sheila plötzlich von den fünf Hulatlis umringt sah. Arme, die rechts und links der Mundpartie entsprangen und bis auf die Tatsache, dass sie nur dreifingerig waren, verblüffend menschenähnlich aussahen, tasteten sich zögernd heran. Taylor wusste nicht, wie er reagieren sollte, spürte aber instinktiv, dass im die Riesen- Hummer nichts Böses wollten. Ihre Hände begannen damit, Sheila zu streicheln. Dazu gaben die Hulatli eine Art sanftes Summen von sich, bis alle fünf wie im Chor, eine fremdartig anmutende, aber gleichzeitig unglaublich sanft und wohltuende Melodie hervorbrachten. Der Milliardär aus New York spürte, die die Anspannung von ihm wich und

einem warmen Gefühl der Sicherheit, Liebe und Geborgenheit Platz machte. Auch Sheila schien dies zu verspüren. Sie hatte zu weinen aufgehört und sich aus Taylors Umarmung gelöst. Zunehmend entspannter genoss sie die Liebkosungen der Hulatli, streichelte ihrerseits deren Hände. Und nur einen kurzen Moment später brach das erste Lächeln bei ihr durch. Die gesummte Melodie ebbte langsam ab, und die fünf Hulatli vergrößerten den Kreis um Taylor und Sheila wieder.
Die irischstämmige Amerikanerin atmete einmal tief durch.
„Ich danke Euch", sagte sie leise. „Das tat gut. Es war so... schön..."
„Sie müssen Euch wirklich mögen, kleine Sheila", sagte Tantraal leise. „Hulatli singen nicht für jeden. Ihr habt etwas Außergewöhnliches erlebt!"
„Nichtsdestotrotz sollten wir endlich aufbrechen, damit wir ins Orrwen- Dorf kommen", drängte Pikopiko und nahm dabei der Situation viel von der feierlichen Stimmung, die eben noch geherrscht hatte.
„Jede Stunde, die wir uns hier aufhalten, ist gefährlich. Wenn die Quintarische Garde die Überreste des Schnellsers unterhalb der Nordlandklippen findet, werden sie früher oder später damit beginnen, auch die Braungrassteppen nach uns abzusuchen. So schnell gibt Quin- Regulator Uisuu nicht auf, so von Ehrgeiz und Bosheit zerfressen, wie er ist!" Der Hlax machte ein finsteres Gesicht zu seinen Ausführungen.
„Ich habe nicht vor, in die Hände der Zon- Gardisten zu fallen oder in den Gardehort verschleppt zu werden!"
Das wollte natürlich niemand von den Anwesenden, weswegen man auch sogleich der Aufforderung des violetten Hünen nachkam. Überrascht stellten die drei Menschen fest, dass man auf dem Rücken der Hulatli recht bequem sitzen konnte. Außerdem war es eine Wohltat für sie, sich endlich ein wenig auszuruhen. So verwunderte es nicht, dass alle drei schon nach relativ kurzer Zeit auf den Rücken dieser fremdartigen und doch so sanften Wesen einschliefen.

Die drei Gleiter der Quintarischen Garde drangen langsam immer weiter in den Norden des Kontinents Aliron, der wiederum in der nördlichen Hemisphäre des Planeten Oswahaal angesiedelt war. Wie einer unsichtbaren Schnur folgend, tasteten sich die Fahrzeuge an der schwachen Wärmespur entlang, die der Schnellser des Hlax Pikopiko bei seinem Flug hinterlassen hatte. Die Spur war schwach, und gelegentlich verloren sie die Taster auch ganz, wenn Gebiete erreicht wurde, die ohne jeden Schattenwurf unter dem warmen Licht der Doppelsonne Bolsa-Bol lagen. Diese natürliche Wärmeenergie überlagerte die thermale Spur. Es kostete die Zon- Gardisten einige Mühe, diese in dem Fall möglichst rasch wieder zu finden. Dabei trieb sie vor allem der Umstand um, dass ihnen andernfalls der Quin-Regulator Uisuu die drei Höllen heiß machen würde. Das alles hatte Zon-SarkaN Amirphan, der das Kommando aus drei Gardegleitern befehligte, immer vor Augen. Und so trieb er die ihm unterstellten Zon- Gardisten ständig zur Höchstleistung an. Gerade hatten sie die eben noch verloren gegangene Spur wieder gefunden und setzten ihre Suche Richtung Norden fort. Amirphan musterte die Bildschirme der Umgebungswiedergabe. Links von den zehn Metern durchmessenden, ellipsoid geformten Fluggeräten, wuchs das große Tafelgebirge Alirons in die Höhe. Dieses Gebiet konnten sie bei ihrer Suche getrost vernachlässigen. Ein Schnellser als bodengebundenes Fahrzeug wäre nie in der Lage gewesen, die bis zu dreitausend Meter hohen Bergflanken zu überwinden. Mehr Kopfzerbrechen bereitete ihm die Braungrassteppe, die sich rechts vom Gleiterpulk ausdehnte und den Kontinent bis an den Horizont bedeckte. Sollten sich die Flüchtigen dort hineingewagt haben, würde das eine erfolgreiche Suche wesentlich erschweren, wenn nicht gar aussichtslos erscheinen lassen. Amirphan versuchte, nicht daran zu denken. Noch hatten sie die Spur des Schnellsers und noch war das Wasser warm genug zum Schlüpfen der Brut. Er konzentrierte sich nun wieder auf das Bild, welches die Flugrichtung wiedergab. Bisher waren sie einem schmalen Flusslauf gefolgt. Je weiter sie nach Norden vorankamen, umso breiter wurde das Wasserbett. Zudem durchfloss der Fluss mehrere kleinere und größere Seen, auf denen es besonders schwierig war, die schwache Wärmespur weiterhin zu verfolgen. Dass sie es dennoch schafften, grenzte fast an ein kleines Wunder. Stunde um Stunde zog so ins Land. Bolsa-Bol stieg höher, überschritt den höchsten Punkt der Tagesbahn und begann bereits wieder dem Punkt entgegen zu sinken, wo sie beim Einbruch der Nacht hinter dem Horizont verschwinden würde. Der Mannschaftsführer aus dem Volk der Zon verspürte ein ungutes Kribbeln auf seinem stachelbewehrten Rückenkamm. Außerdem züngelte er heftig und hektisch mit seiner langen, grünlich eingefärbten Zunge, deutlicher, äußerer Beleg für seine wachsende Nervosität. Immer wieder prüfte er die Ortungsberichte aus dem Spezialgleiter, nahm selbst die Tasterbilder in Augenschein. Doch außer der stetig schwächer werdenden Wärmespur des Schnellser und einigen Infrarotbildern von in der Braungrassteppe und am Fuß des Tafelgebirges heimischen Tieren fand sich nichts. Nicht der kleinste Hinweis auf den Schnellser und seiner Passagiere, die der Quin- Regulator unbedingt in seine Gewalt bringen wollte. Kurz vor Einbruch der Dunkelheit erreichten die drei Gardegleiter des Suchtrupps den nördlichen Rand des Kontinents Aliron, eine Wallen- und Windumtoste Steilküste. In schroffen Klippen fiel das Land zum polaren Ringmeer hin ab. Der Wasserlauf, dem die Gleiter zuletzt gefolgt waren, hatte schon viele Kilometer vorher eine breite Schneise aus dem Gestein heraus gewaschen und stürzte nun weiter unter den in der Luft regungslos verharrenden Gleitern in die tobende See hinab. Hier verlor sich auch die Spur des verfolgten Schnellsers. Zon-SarkaN Amirphan ließ den Messgleiter zur Meeresoberfläche vorstoßen. Schon nach wenigen Minuten meldete das Ortungskommando, dass die Taster mehrere Metalltrümmer unterhalb der Wasseroberfläche geortet

hatten. Daraufhin wies der Mannschaftsführer auch die Piloten der beiden anderen Gardegleiter an, die Gefährte nach unten zu bringen. Mittels Traktorstrahlen schafften sie es, einige der georteten Trümmerteile zu bergen. Bald stellte sich klar heraus, dass diese Trümmer tatsächlich zu einem Schnellser gehört hatten, wie er üblicherweise in den diversen Wachstationen, so auch in der zerstörten, stationiert war. Zu guter Letzt hatten Zon-SarkaN Amirphans Leute das gesuchte Fluggerät doch noch gefunden. Allerdings waren keine biologischen Reste in dem Trümmerfeld entdeckt worden. Das hieß im Umkehrschluss, dass wohl niemand mehr an Bord gewesen war, als der Schnellser über die Klippen flog und letztlich auch an diesen zerschellte. Uisuu würde dieser Umstand überhaupt nicht gefallen. Amirphan überlegte fieberhaft, wie er dem stets übellaunigen Quin-Regulator diese Botschaft beibringen konnte, ohne dass er selbst dafür mit dem Leben bezahlen musste. Aber ihm wollte nichts Besänftigendes einfallen. Der Garde-Mannschaftsführer stieß geräuschvoll die Luft aus seiner trompetenähnlichen Rüsselschnauze, was beim Menschen äquivalent ein Seufzen gewesen wäre. Ihm blieb wohl nichts anderes übrig, als die bitteren Maden zu essen. Also setzte er sich vor das Com- Terminal seines Gardegleiters und rief das Büro des Quin- Regulators Uisuu im Gardehort an der Nordküste des Kontinents Brasur. Die vier Zon-Gottheiten schienen ihm gewogen zu sein, denn Saptraal, der schlangenähnliche Sekretär des Quin- Regulators meldete sich und teilte dem Zon-SarkaN mit, das Uisuu mit dem Zentral- Regulatorium im Quin-Habitat auf dem Nebelmond konferierte. Amirphan nahm diese Nachricht mit Erleichterung auf, auch, weil er vor Saptraal relativ wenig Respekt hatte. Diese Bodenkriecher vom Planeten Ssanna aus dem Planetensystem des blauen Riesen Ansu waren ihm höchst suspekt. Also spulte er die Ergebnisse ihrer Suchmission leierartig herunter.
„...müssen wir nach jetzigem Ermittlungsstand davon ausgehen, dass in dem völlig zerstörten Gleiter zum

Zeitpunkt des Absturzes von den Nordklippen niemand mehr an Bord gewesen ist", schloss er seinen Bericht ab.
„Das wird dem Quin- Regulator nicht sonderlich gefallen", zischelte der Sekretär mit unterdrücktem Ärger. „Das niemand mehr an Bord war, heißt im Umkehrschluss, dass die Besatzung des Schnellsers diesen dann irgendwo zwischen der zerstörten Wachstation und den Nordklippen verlassen haben muss."
„Dem stimme ich zu", sagte der Zon-SarkaN, während er versuchte, aus dem spärlichen Mienenspiel Saptraals irgendetwas darüber herauszulesen, was in dem hellgelb-weiß gemusterten Schlangenkopf vor sich ging.
„Ich denke, dass sich die Flüchtenden in der Braungrassteppe Alirons verbergen", fügte der Gardist seiner Aussage noch hinzu.
Saptraal züngelte erregt, und Amirphan registrierte beiläufig, dass dieses Verhalten wohl ihren beiden Rassen gleichermaßen zu Eigen war. Der Zon empfand Missmut darüber, mit einem Ssann etwas gemein zu haben.
„Die Braungrassteppe Alirons...", zischelte der Schlangenähnliche vor sich hin, während der Blick seiner stechend gelben, geschlitzten Pupillen starr auf den Zon gerichtet blieb.
„Das wird dem Quin- Regulator überhaupt nicht gefallen. Wir werden die Braungrassteppe absuchen müssen."
„Das ist mit drei Gleitern aber nicht zu schaffen", wandte der Zon-SarkaN ein. „Ein riesiges Gebiet, das den Kontinent Aliron fast vollständig bedeckt."
„Mir sind die topografischen Gegebenheiten des Planeten durchaus bewusst!", stieß der Ssann ärgerlich aus, woraufhin Amirphan schuldbewusst seinen Blick senkte.
Saptraal war zwar nicht Uisuu, konnte ihm aber durchaus Schwierigkeiten bereiten, indem er ihn beim Quin-Regulator anschwärzte.
„Ich werde das Gardekommando des Horts kontaktieren und alles anfordern, was für die Suche nach den Flüchtigen freigestellt werden kann."
„Ein kluger Vorschlag", stimmte Amirphan opportunistisch

zu.
„Ich werde derweil ein Suchraster ausarbeiten, damit wir sofort mit der Suche loslegen können, sowie die Unterstützung auf Aliron eingetroffen ist."
„Tu das", sagte Saptraal kurz angebunden. „Und plane gut. Ich glaube kaum, das Uisuu eine weitere Mitteilung über das Versagen der Quintarischen Garde gutheißen würde!"
Mit dieser unterschwelligen Drohung trennte der Ssann die Verbindung.
Amirphan wünschte ihm Faulmaden an den Hals. Der Zon wusste nur zu gut, dass es keine leere Drohung war, die Saptraal da ausgestoßen hatte.
Der Gardist schüttelte den Gedanken an die möglichen Folgen eines erneuten Fehlschlages von sich ab und machte sich an die Arbeit, das Suchraster zu erstellen. Sie würden die Schlinge um die Flüchtenden schon noch enger ziehen. Und dann konnten sich diese auf etwas gefasst machen. Das war sein fester Vorsatz. Und hätten die drei Menschen auf Oswahaal von den Vorgängen um sie herum mehr gewusst, sie würden sich noch unwohler fühlen, als ihnen ohnehin schon zumute war.

Bolsa-Bol, die Doppelsonne, schickte sich an, im Westen hinter den Horizont zu sinken. Die Schatten begannen länger zu werden und am Boden unter den riesigen Braungrasstämmen nahm die Helligkeit rasch ab. All das registrierte Taylor M. Harris, als er erwachte und sich auf dem Rücken seines Hulatlis reckte und streckte. Es war der Umstand, dass die sanften, schaukelnden Bewegungen, die sein Reittier beim Vorwärtslaufen verursachte, schlagartig aufgehört hatten, was den jugendhaft wirkenden Milliardär aus New York übergangslos aufweckte.
„Was ist los, warum halten wir?", fragte er gähnend.
„Wir sind da, Taylor", antwortete Pikopiko, während er mit Schwung vom Rücken eines der beiden größeren Hulatli herunter sprang.

„Was soll das heißen, wir sind da?", fragte Taylor verwirrt und blickte sich um. Außer einem sanften, gut hundert Meter durchmessenden Hügels, der voraus lag, konnte er im langsam schwindenden Tageslicht nichts ausmachen, was ein Dorf hätte sein können.
„Aber hier ist doch gar nichts!", meinte er dann und machte eine umfassende Geste.
„Was ist hier nicht?", ließ sich da Mike Irons Stimme vernehmen, der nun ebenfalls wieder wach geworden war.
„Na, Pikopiko will uns erzählen, dass wir bei Tantraals Dorf angekommen sind."
„Du machst Witze, oder?", gab Mike zweifelnd von sich.
„Und überhaupt, wo ist Tantraal denn? Ich sehe ihn jedenfalls nicht."
Taylor runzelte seine Stirn.
„Tatsächlich, ich sehe ihn auch nicht", murmelte er dann überrascht vor sich hin. Und zu Pikopiko rief er hinüber: „Sag mal, wo ist eigentlich Tantraal abgeblieben?"
„Der ist schon ins Dorf gegangen, um unsere Ankunft vorzubereiten", antwortete dieser. „Und ihr solltet langsam mal absteigen, damit wir ebenfalls ins Dorf können. Die Hulatli wollen schließlich auch wieder in ihr Nest zurück."
Dann widmete sich der Hlax wieder der Ausrüstung, die er vom Rücken der beiden großen Riesen- Hummer abschnallte und auf einem kleinen Haufen zusammentrug.
„Na, dann wollen wir halt mal absitzen, damit wir in ein Dorf gehen können, das gar nicht da ist", sagte Taylor seufzend und ließ sich vom Rücken seines Reittieres gleiten.
Mike tat es ihm gleich. Und während der bärtige Freund zu Pikopiko hinüberging, trat Taylor neben den Hulatli, der die gemeinsame Freundin Sheila auf dem Rücken trug. Die rothaarige Schönheit lag noch immer sanft schlummernd auf dem Rücken des jungen Tieres.
„Hallo Sheila, aufwachen", sagte Taylor leise zu ihr und berührte sie sacht am Ärmel der grob gewebten, weiten Jacke, die sie, wie auch die Männer, von Pikopiko zum Anziehen bekommen hatten.

Mit leisem Seufzen schlug sie ihre intensiv grünen Augen auf und schaute Taylor noch etwas schläfrig an.
„Taylor, was ist, sind wir schon da?", fragte sie mit müder Stimme.
„Ich glaube, ich habe den ganzen Ritt verschlafen, was? Und ich könnte noch stundenlang so weitermachen. Morgen habe ich bestimmt einen Mördermuskelkater von der höheren Schwerkraft."
„Mike und ich haben auch geschlafen", sagte Taylor zu der Freundin. „Wir sind mindestens genauso geschafft gewesen, wie du."
„Wo sind wir überhaupt, Taylor?"
Sheila schaute sich neugierig um.
„Wenn wir Pikopiko glauben können, dann sind wir bei Tantraals Dorf angekommen."
„Ach ja?"
Die New Yorkerin mit den irischen Wurzeln ließ ein glucksendes Lachen hören.
„Seltsames Dorf, so ganz ohne Häuser", meinte sie. „Aber andererseits, warum sollten wir nicht das glauben, was uns unser violetter Freund sagt? Er hätte ja keinen Grund, uns Märchen zu erzählen."
„Da hast du auch wieder recht", stimmte Taylor den Schlussfolgerungen Sheilas zu. „Warte, ich helfe dir runter."
Kurz darauf gingen die beiden gemeinsam zu Mike und dem Hlax hinüber, der schon ungeduldig auf die beiden wartete.
„Na endlich!", sagte er. „Es wird höchste Zeit, das wir ins Dorf gehen und von der Bildfläche verschwinden. Ich rechne nach wie vor damit, dass die Quintarische Garde auch die Steppe von Aliron nach uns absuchen wird. Spätestens, wenn die Trümmer des Schnellser gefunden werden, wissen die, dass da niemand mehr an Bord war."
„Schön und gut, mein Freund, aber wo ist das Dorf?"
Taylor blickte den Hlax fragend an.
„Ihr werdet es gleich sehen", antwortete dieser kurz.
„Schnappt euch eure Ausrüstung, und dann folgt mir."

Der Hlax tätschelte einen der beiden großen Hulatlis an der Seite und winkte auch den anderen Tieren zu. Diese klapperten kurz und wie zum Abschied mit ihren Scheren, dann verschwanden sie in der hereinbrechenden Nacht zwischen den Stämmen des Braungrases.
„So, folgt mir", forderte Pikopiko die drei Menschen auf.
„Hier geht es lang!"
„Wo auch immer dieses ‚Hier' auch sein mag", brummte Mike leise in seinen Bart hinein.
„Lassen wir uns eben überraschen", meinte Sheila und knuffte ihren schwarzhaarigen Freund in die Seite. „Seit wir diese vermaledeite Karte gefunden haben, besteht unser Leben ja nur noch aus Überraschungen."
„Ja, aber welchen, die ich mir lieber im Kino oder im Fernsehen anschaue, anstatt selbst in einem Science Fiction Film die Hauptrolle zu spielen", sagte Mike mit verdrießlicher Miene.
Dann folgte er gemeinsam mit seinen beiden Schicksalsgenossen dem Hlax durch die zunehmende Dunkelheit. Zuerst hielt dieser direkt auf den Hügel zu, begann aber an dessen Rand daran entlangzulaufen. An einer Stelle, die mit einer Art dürrem Gebüsch bewachsen war, stoppte Pikopiko schließlich. Taylor, Sheila und Mike schauten sich gegenseitig verwundert an. Doch noch bevor sie eine Frage stellen konnten, bückte sich ihr Führer und zog an einer Art Ring, der im Boden verankert war. Gleichzeitig mit den vor Überraschung aufklappenden Mündern der drei Menschen, hob sich vor ihnen ein breites Stück des Bodens in die Höhe und gab den Blick auf eine nach unten führende Rampe frei.
„Willkommen im Dorf Seloro", sagte Pikopiko und macht eine einladende Geste in Richtung der Rampe.
„Da soll mich doch gleich der Teufel holen!", entfuhr es Mike.
„Ein Dorf unter der Erde...", stieß auch Taylor perplex aus. „Damit hätte ich nun wirklich nicht gerechnet."
„Mit ein Grund, warum die Orrwen- Dörfer von den Truppen des Quintariums nur schwer oder gar nicht zu

orten sind", erklärte Pikopiko.
„Im Boden sind Quarze und Metalle vorhanden, die sich störend auf die Ortungstechnik auswirken."
„Ich verstehe", sagte Taylor. „Deshalb sollten wir so schnell wie möglich hierher verfrachtet werden. Um buchstäblich von der Bildfläche zu verschwinden!"
„Du sagst es, Freund", bestätigte der Hlax die Gedanken Taylors.
„Und nun bitte, kommt und lass uns ins Dorf gehen."
Immer noch unter dem Eindruck der Überraschung folgten die drei Abenteurer Pikopiko die Rampe hinunter. Hinter ihnen schloss sich die Bodenluke wieder von selbst. Das es dennoch nicht stockdunkel wurde lag daran, dass in dem breiten, abwärts führenden Gang Pflanzen wuchsen, die ein helles, biolumineszentes Licht ausstrahlten. Es war zwar nicht taghell, jedoch hell genug, um sich nicht unwohl zu fühlen. Gespannt, was sie wohl erwarten würde, schritten die drei Menschen und ihr Hlax- Begleiter weiter abwärts. Bald führte der Gang aus der Wand hinaus auf eine Art Balkon. Dort blieben Taylor, Mike und Sheila mit offenen Mündern stehen. Ihr Blick fiel ungehindert auf einen hundert Meter durchmessenden, kreisrunden Schacht. Nun erkannten die drei erst, dass der Hügel, den sie oben bemerkt hatten, nichts anderes war, als die Schachtabdeckung. Taylor trat an eine Balustrade und schaute nach unten. Ihm schwindelte, denn es mochte auch gut hundert Meter in die Tiefe gehen. Von ihrem jetzigen Standpunkt aus, führte eine spiralförmige Rampe an der Schacht- Innenwand bis ganz nach unten. In regelmäßigen Abständen gab es Absätze, von denen aus man einen in die Schachtwand getriebenen Kreisgang betreten konnte. Von diesem Gang aus führten viele Türen in die vermutlich dahinter liegenden Wohnbehausungen der Orrwen. Und überall traten diese knollenartigen Gewächse hervor, die die ganze Szenerie mit ihrem sanften, gelblichen Licht erleuchteten. Vor vielen Türen und auf allen Kreisebenen standen Orrwen und schauten nach oben, zu den Ankömmlingen hin. Es mutete für die

Menschen seltsam an, so viele Individuen zu sehen, wenn es dabei gleichzeitig gespensterhaft still blieb. Erst ein sanftes Kribbeln im Bauch und in seinen Gliedmaßen rief Taylor die Tatsache wieder ins Gedächtnis, dass sich die Orrwen untereinander im Infraschallbereich unterhielten, der von menschlichen Ohren in der Regel nicht bewusst wahrgenommen werden konnte.
„Meine Güte, so viele Aliens!", entfuhr es Mike, der neben Taylor an die Balustrade getreten war.
„Falsch, mein Lieber", korrigierte ihn Taylor. „Hier gibt es in Wirklichkeit nur drei Aliens – uns!"
„Bevor ihr beide jetzt anfangt, zu philosophieren, schaut lieber mal die Rampe hinunter", sagte Sheila zu den beiden Männern. „Dort kommt unser Empfangskommando."
Und in der Tat, vier Orrwen kamen die Spiralrampe empor geschritten, allen voran Tantraal, der einzige Vertreter dieser Spezies, den die Menschen schon ein wenig näher kennen gelernt hatten. Oben angekommen, breitete er seine mächtigen, mit Zottelfell bewachsenen Arme aus.
„Meine Lieben", rief er mit seiner hellen Kinderstimme aus, die so garnicht zu seiner imposanten, bärenhaften Erscheinung passen wollte.
„Willkommen in Seloro, dem Dorf der Orrwen. Meinem Dorf. Im Namen des verwaltenden Magistrats darf ich Euch Schutz und Unterkunft anbieten, solange ihr es braucht, und solange ihr es wollt."
Er stellte den drei Abenteurern seine Begleitung vor, die drei Mitglieder des verwaltenden Magistrats. Taylor bezweifelte, dass er sich merken konnte, wer wer war, dafür sahen die drei Orrwen sich viel zu ähnlich. Aber er registrierte erleichtert, dass auch diese Bewohner Oswahaals den Menschen durchaus herzlich zugetan waren. Sie vermittelten das Gefühl von Nähe, Freundschaft und Geborgenheit. Und das war mehr, als die drei noch vor weniger als 48 Stunden zu hoffen gewagt hatten. In diesem Moment fühlte es Taylor, fühlten es auch Sheila und Mike, dass es eine Chance gab, aus diesem unglaublichen Abenteuer lebend und wohlauf

herauszukommen. Gemeinsam mit den vier Orrwen und mit Pikopiko betraten sie das Dorf der Orrwen.

Taylor M. Harris, der Dritte, letzter Spross einer Industriellen- Dynastie, Leiter des THAR- Industries Firmenimperiums, mehrfacher Milliardär und viel beachtetes Mitglied der New Yorker Society, war am Ende seiner Kräfte. Er nahm seine Umgebung nur noch wie durch einen Schleier wahr, durch Augen, die er vor Erschöpfung und Müdigkeit ohnehin kaum noch aufhalten konnte.
Es schien ein Ewigkeit her, seit ihm, seiner langjährigen, guten Freundin Sheila Armstrong, und Mike Iron, ebenfalls gut Freund und einstmaliger Lebensgefährte, eine uralte, geheimnisvolle Karte in die Hände gefallen war. Die Aussicht auf ein spannendes Abenteuer hatte sie dann in jenes verborgene Nebeltal im Himalaja geführt. Darin befand sich ein seltsames Steintor. Beim Versuch, dieses zu durchschreiten geschah etwas völlig unerwartetes, unglaublich phantastisches und unheimliches zugleich. Unsichtbare Kräfte griffen nach den drei New Yorkern, zogen sie durch das Tor und schleuderte sie in ein unbekanntes Kontinuum hinein. Als die drei Menschen wieder zu Bewusstsein gekommen waren, stellten sie mit Entsetzen fest, dass es nicht mehr die Erde war, auf der sie sich befanden. Kaum, dass Ihnen das klar wurde, gerieten sie auch schon in die Gewalt einer unbekannten Macht, die sie gefangen setzte und einsperrte. Eine glückliche Fügung des Schicksals bestimmte es, dass der Hlax Pikopiko ihr Wächter war. Persönliche Neugierde und auch ein sehr intimes Interesse an Taylor M. Harris, dem Dritten, brachte die drei Menschen in näheren Kontakt mit dem fremdartig anmutenden Außerirdischen. Dabei kam erstaunliches ans Tageslicht: die DNS von Menschen und dem Volk der Hlax war nahezu identisch! Das konnte schon fast kein Zufall mehr sein. Als Pikopiko dann noch erfuhr, dass die drei

Menschen nicht aus dieser Region des Weltraum stammten, sondern durch ein altes Tor, Teil eines intergalaktischen Verbindungssystems aus alten Tagen, hierher, auf den Planeten Oswahaal gelangt waren, gewannen die Dinge an ungeahnter Dramatik und Geschwindigkeit. Pikopiko berichtete von einer alten Sage, in der Wesen von außerhalb des Quintariums das Ende der hiesigen Schreckensherrschaft einläuten würden. Hals über Kopf drängte der Hlax die Menschen zur Flucht, damit sie nicht den Zon- Gardisten des Quintariums in die Hände fallen würden. Und diese Flucht hatte sie nun direkt hierher geführt, nach Seloro, einem Dorf der einheimischen Orrwen, großen, Teddybären nicht unähnlichen Zottelwesen. Zwischen Ankunft auf Oswahaal und dem Eintreffen in Seloro lagen gerade mal zwei Tage. Eine Zeitspanne, in der Taylor, Mike und Sheila kaum zum durchatmen gekommen waren, so viel Fremdartiges und Erschreckendes war auf sie eingestürzt. Dies und die erhöhte Schwerkraft des Planeten Oswahaal forderten nun ihren Tribut. Taylor M. Harris, durchtrainierter Sportler mit viel Kondition, konnte sich kaum noch auf den Beinen halten. Er wusste, dass es seinen beiden Freunden und Gefährten nicht viel anders ging. Sie hatten sich beieinander eingehakt und versuchten, sich gegenseitig zu stützen.
Vor ihnen ragten die vier massigen, zottelig befellten Leiber der Orrwen auf, die sie im Dorf Seloro willkommen geheißen hatten. Bei einem von den Vieren handelte es sich um Tantraal, den Orrwen, der Taylor und seine Gefährten hierher geführt hatten. Die anderen drei, von Tantraal als Mitglieder des verwaltenden Magistrats vorgestellt, hielten irgendeine Rede mit ihren hellen Kindersprechstimmen, von der Taylor nur noch mitbekommen hatte, dass man sie in Seloro willkommen hieß und ihnen Schutz und Unterkunft versprach. Der Rest ging in einem unverständlichen Gezwitscher unter, denn der nun heimatlose Milliardär aus dem unendlich weit entfernten New York, schaffte es nicht mehr, sich auf das Gesprochene zu konzentrieren,

geschweige denn, den vier Orrwen und ihrem Freund Pikopiko die schräge Zugangsrampe in das tief in die Erde reichende, Zylinderförmig angelegte Dorf hinab zu folgen.
Mit einem leisen Seufzen auf den Lippen, sank Taylor M. Harris langsam zu Boden. Sheila und Mike, plötzlich ihres Halts auf der linken Seite beraubt, folgten ihm prompt in Richtung Boden. Tantraal, Pikopiko und die drei Magistratsmitglieder verstummten erschrocken. Mit einem Satz war Pikopiko an der Seite es Milliardärs.
„Taylor, was ist mit dir?", fragte er leise, während der Blick aus den intensiv Bernsteingelben Augen mit den Kreuzschlitzpupillen tiefe Besorgnis verriet.
Doch der New Yorker kam gar nicht dazu, dem Hlax mit der violetten Hautfarbe auf dessen Frage zu antworten.
„Was ist mit ihm, was ist mit ihm?", keifte eine helle Stimme, die Taylor am Rande als die eines jungen Mädchens identifiziert hätte, wenn er noch auf der Erde weilen würde.
Eine massige Gestalt, kleiner als die männlichen Orrwen, die besorgt um die am Boden liegenden Menschen herumstanden, verschaffte sich mit energischen Einsatz kräftiger Arme, wie der ganze Körper von hellem, Ockerfarbenen Zottelpelz bedeckten Körper, Platz neben dem knienden Hlax Pikopiko. Ein tadelnder, aber zugleich auch recht zornig wirkender Blick aus den faustgroßen, dunkelbraunen Augen, die von Spiegeln aus hellcremefarbenen Flaum umgeben waren, wanderte von einem zum anderen und blieb dann schließlich an der Gestalt Tantraals hängen.
„Was wird wohl mit den drei Kleinen sein, ihr dummen Männer?", fragte das resolute Wesen soeben erneut mit der hellen, fast schrillen Mädchenstimmen. „Nun? Keiner hat eine Idee? Dann sag es du mir, Tantraal, mein Gemahl!"
„Aarane, meine Frau", seufzte Tantraal und schickte einen ergebenen Blick aus seinen braunen Augen in die Runde. „Erspare uns eine Raterunde und teile uns mit, was du zu sagen hast."
„Oh ihr Mannsbilder!", rief Aarane theatralisch aus und

warf ihre beiden Hände in die Höhe. „Man könnte meinen, Euch wüchse Braungras direkt vor den Augen, weil ihr das Naheliegendste nicht sehen wollt!"
Auch Pikopiko bedachte sie mit einem tadelnden Blick.
„Das gilt auch für dich, haarloser Hlax!", schimpfte sie.
„Die drei Kleinen sind am Ende ihrer Kräfte", erläuterte sie dann etwas sanftmütiger. „Sie kamen aus einer anderen Welt zu uns, weilen gerade mal zwei Tage auf Oswahaal. Sie wurden, kaum dass sie hier landeten, von Gardedrohnen festgesetzt. Eingesperrt in der Wachstation von Pikopiko, um dann überschnell zur Flucht gedrängt zu werden, weil man plötzlich glaubt, sie wären die, von denen alte Sagen berichten. Die drei haben kaum was gegessen und kaum geschlafen. Was sie jetzt brauchen, das ist eben dies: ein langer, erholsamer Schlaf, ein erfrischendes Bad und ein kräftiges, nährendes Mahl. Genau in dieser Reihenfolge!"
„Aber ja!", entfuhr es Tantraal wie vor den Kopf geschlagen.
„Beim Reigen von Bolsa-Bol, Aarane, meine Gemahlin hat recht. Wie konnten wir nur so mit Blindheit geschlagen sein, den Blick für das Naheliegende zu verlieren. Schnell, lasst uns unsere Gäste dorthin bringen, wo bereits ein Nachtlager für sie vorbereitet worden ist!"
Pikopiko fackelte nicht lange. Er nahm Taylor auf seine Arme. Für den muskulösen, großen Hlax waren die 75 Kilogramm, die der blonde Mann wog, nur ein Klacks. Er folgte mit seiner für ihn kaum wahrnehmbaren Last Tantraal, der sich Mike Irons angenommen hatte. Hinter Pikopiko schritt Aarane einher. Sie hatte es sich nicht nehmen lassen, Sheila Armstrong zu ihrem Nachtlager zu bringen. Rasch schritt die Gruppe die schräge, am Innenrand des Zylinderförmigen Schacht nach unten führenden Rampe hinabzuschreiten. In der dritten Ebene unter dem Einstieg steuerte
Tantraal auf eine große, ovale, aus rötlich-braun schimmerndem Holz gefertigte Tür zu, die er mit einem leichten Druck seiner Schulter öffnete. Dahinter tat sich ein

kreisrunder Wohnraum auf, von dem weiteren Türen abzweigten, die in den Schlafraum, die Küche und den Hygienebereich führten. Tantraal lief auf den Eingang zum Schlafraum zu. Von all dem bekamen die drei Menschen kaum noch etwas mit. Sie waren fast ohne Umschweife in den Armen ihrer Träger eingeschlafen. Der erste richtige und wirklich tiefe Schlaf, den sie hier auf Oswahaal bekamen.

Während Taylor, Sheila und Mike den Schlaf der Gerechten schliefen und damit taten, was ein jedes Tagaktive Wesen zur Nachtzeit tun sollte, entfaltete sich an einer anderen Stelle des Kontinents Aliron geradezu hektische Aktivität. Die drei Gardegleiter unter dem Kommando des Zon-SarkaN Amirphan hatten Verstärkung bekommen. Insgesamt waren nun 48 der Ellipsoiden, golden schimmernden Gefährte oberhalb der nördlichen Steilküste des Kontinents Aliron versammelt. Hoch über der tosenden und schäumenden Gischt des polaren Ringmeers wurde eine Einsatzbesprechung abgehalten. Obwohl ein Kohortenführer, ein Zon Sar'Nok anwesend war, hatte Uisuu, der Quin- Regulator, darauf bestanden, dass der Einsatz auch weiterhin von dem Rangniedrigeren Amirphan koordiniert wurde. Das war für den Mannschaftsführer eine große Ehre. Als Zon SarkanN, dem niedrigsten Offiziersdienstgrad in der Quintarischen Garde, befehligte er nur maximal 16 Gardisten, während ein Kohortenführer das Kommando über sechzehn Mannschaften hatte, also insgesamt 256 Gardisten. Daher war es kaum verwunderlich, dass Amirphan den vier Göttern dankte, dem Zon Sar'Nok in so wichtiger Funktion zur Seite gestellt worden zu sein. Allerdings verschlechterte sich seine Laune sofort, als er daran denken musste, welch schwierige Aufgabe vor den Zon- Gardisten lag. Aliron, der größere von den beiden nördlichen Kontinenten Oswahaals, war hier, an der Ostflanke des großen Tafelgebirges, fast 4900 Kilometer breit. Von diesem Punkt an war das Land östlich davon, bis zur nächsten Küste am Ende es Kontinents

komplett von einer einzigen, gigantischen Steppe aus Braungras bedeckt. Ein wogendes Meer aus Blauen, Roten, Braunen und Violetten Farbtönen. Ein Meer, auf dessen Grund man nicht sehen konnte, Heimat von Hunderttausenden von Orrwen in ihren wohl verborgenen Erddörfern. Ein Meer, in der sie drei winzige Rückenkammstacheln aufspüren sollten. Der Zon mochte sich nicht ausmalen, was geschehen würde, könnte man diese Forderung des immer ungeduldiger werdenden Quin-Regulators nicht erfüllen. Zumal diese Situation aus der Tatsache heraus entstanden war, dass Einrichtungen und Personal der Garde schlicht und ergreifend versagt hatten.
Amirphan trompetete einen leisen Diskant und konzentrierte sich dann wieder auf die vor ihm liegende Aufgabe, die ihm so groß schien, wie ein Mossra- Wal aus den Meeren seines Heimatplaneten Ar'Zon. Zunächst wies er den achtundvierzig Gardegleitern ihre Positionen zu. Es war geplant, dass sie in einer von der Nord- zur Südküste reichenden Kette gleichzeitig die Braungrassteppe Alirons nach Osten hin abzusuchen begannen. jeder Gardegleiter hatte dabei einen einhundert Kilometer breiten Korridor abzuscannen. Das war für jede Mannschaft ein immer noch ziemlich gigantisches Gebiet. Aber es musste reichen, denn mehr Gardisten und Material war dem Zon-SarkaN für die Suche nach den drei Ankömmlingen aus dem Tor von Anklamurie nicht zugestanden worden. Es hieß, der Aufwand wäre jetzt schon so groß, dass es kaum noch zu verantworten wäre. Man musste also mit dem auskommen, was zur Verfügung stand.
Die ersten Gleiter verließen die Ansammlung und steuerten mit Höchstwerten in südlicher Richtung davon. Sobald alle ihre Positionen eingenommen hatten, würde die Suche simultan beginnen. Amirphan warf einen Blick auf den Chronometer auf dem Instrumentenpult vor ihm. Es würde nur noch etwa einen Zakruum dauern, ein paar wenige Denruum mehr oder weniger, bis die Gleiter auf Position waren. Doch die Zeit schien zu kriechen, jede einzelne Denruum sich bis zur Unendlichkeit auszudehnen. Doch

dann war es endlich soweit. Alle Bereitschaftsmeldungen trafen der Reihe nach ein. Als die letzte Bestätigung verzeichnet worden war, ging der Starbefehl an die achtundvierzig Gardegleiter raus. Die Suche hatte begonnen. Zon-SarkaN Amirphan war sich sicher, dass das Nest schnell eingegrenzt werden würde.
Ein Unsicherheitsfaktor bereitete ihm jedoch Rüsseljucken: es war der planetaren Verwaltung nicht bekannt, wie viele Orrwen- Dörfer es in der Braungrassteppe von Aliron lag, geschweige denn, wo man sie finden konnte. Nun, man würde sehen. Für den Zon- Gardisten stand jedoch jetzt schon fest, dass ihre Suche von Erfolg gekrönt sein würde. Oder, besser gesagt, sein musste. Die Zeit der Freiheit für die drei Ankömmlinge war jedenfalls gezählt. Die achtundvierzig Gardegleiter setzten sich in Bewegung.
Es war dämmrig in dem runden Schlafraum, und nur das leise Atmen der schlafenden Menschen und des Hlax, sowie das gelegentliche rascheln der Decken verursachte Geräusche. In kleinen Töpfen, die an der Wand entlang im Raum verteilt waren, wuchsen Büschel von Pflanzen, deren knollenartigen Früchte ein sanftes, Biolumineszentes Licht verströmten. Taylor, Mike und Sheila schliefen in aus dem nackten Fels heraus gehauenen Nischen. Da diese für die Dimensionen eines ausgewachsenen Orrwen ausgelegt waren, wirkten die Leiber der Menschen darin klein und zerbrechlich. Die Nischen hatte man mit einer Art Matratze, vielen Kissen und bunten Decken ausgestattet. Alles in allem waren sie ausgesprochen bequem.
Weniger komfortabel erging es dem Hlax Pikopiko. Er wollte unbedingt in der Nähe seiner menschlichen Freunde bleiben, doch war für ihn keine Schlafnische mehr im Raum vorhanden gewesen. Daher hatte er sich aus Decken und Kissen ein Lager auf dem Boden hergerichtet. Da er schon unter viel ungünstigeren Umständen geschlafen hatte, empfand er seine provisorische Bettstatt durchaus als ebenfalls sehr bequem.
Vor wenigen Minuten war der hünenhafte Hlax aufgewacht. Er hatte höchsten drei, vier Stunden

geschlafen, fühlte sich aber trotzdem frisch und gut ausgeruht. Das war eine vorteilhafte Eigenschaft seiner Rasse: er brauchte nicht viel Schlaf. Trotzdem blieb er liegen und lauschte den regelmäßigen Atemzügen der drei Menschen. Dabei ließ er seinen Gedanken freien Lauf. Mit hinter dem Kopf verschränkten Armen lag er da und starrte an die nur spärlich erhellte Decke des Schlafraumes. Viel ging ihm durch den Kopf. Pikopiko ließ die letzten beiden Tage Revue passieren. Nicht nur das Leben der drei Erdmenschen hatte sich seit ihrer unverhofften Ankunft auf Oswahaal dramatisch verändert. Auch sein eigenes Leben war dadurch regelrecht aus den Fugen geraten. Es war nicht gerade besonders gewesen, aber er hatte eine annehmbaren Arbeit, eine akzeptable Unterkunft und wurde im Großen und Ganzen von der Quintarischen Garde und dem Regulatorium in Ruhe gelassen. Um so mehr hatte es ihn überrascht, als dann ein ganzer Schwarm von Gardedrohnen bei seiner Wachstation auftauchte, drei Fremde vor seinen Füßen abluden und ihm befahlen, diese drei Individuum sicher einzusperren, bis ein Gardegleiter sie am nächsten Tag abholen würde. Pikopiko hielt Taylor, Mike und Sheila zunächst für Tallwen. Doch spätestens, als er sie entkleidete und einzeln in die Zellen sperrte, war er zu der Überzeugung gekommen, das die drei nicht diesem Volk angehörten, wenngleich große Ähnlichkeiten bestanden. Als dann auch die Datenbank keine Information über ein Volk mit den Merkmalen der Gefangenen bieten konnte, erwachte das Interesse des Hlax vollends. Vor allem die schlanke, muskulöse Statur des hellhaarigen Taylor hatte es dem Hlax angetan, der ihn auch erotisch sehr ansprach. Pikopiko ließ es zu, dass es zu sexuellen Handlungen zwischen dem fremden Mann und ihm kam, zu dem er rasch eine Zuneigung entwickelte, die über das normale Interesse hinausging. So beschloss der Hlax, mehr über die drei ungewöhnlichen Fremden, die zudem untereinander eine sehr starke Bindung entwickelt zu haben schienen, zu erfahren. Für den violetten Hünen war es ein kleiner Schock, als er herausfand, dass sich das

genetische Material beider Rassen, also der Hlax und der Menschen, als nahezu identisch herausstellte. Als noch größerer Schock stellte sich die Tatsache heraus, dass die drei Menschen ausgerechnet durch das geheimnisvolle Tor von Anklamurie nach Oswahaal gelangten. Das Tor, von dem die Sage berichtete, dass aus ihm Fremde im Quintarium erscheinen und das Ende er Schreckensherrschaft der Quintaten einläuten würden. In diesem Moment war es für Pikopiko klar, dass seine neuen Freunde nicht in die Hände der Quintarischen Garde fallen durften. Rasch kontaktierte er einige zuverlässige Freunde, und die Flucht begann. Nun lag er hier, in einer Orrwen-Wohnung des Dorfes Seloro, und hatte eigentlich keine Ahnung, wie es mit ihnen, mit den drei Menschen, und ihm, dem Heimatlosen Hlax,
weitergehen sollte. Doch bevor er sich weiter mit diesen Gedanken auseinandersetzen konnte, erregte ein Geräusch seine Aufmerksamkeit.
Es war ein leises Stöhnen und Murmeln. Leise richtete sich Pikopiko auf und lauschte in den Raum hinein. Kurze Zeit später hatte er mit seinem feinen Gehör lokalisiert, woher die Geräusche kamen. Es war Sheila Armstrong. Die Menschenfrau wälzte sich scheinbar unruhig auf ihrem Lager hin und her. Der Hlax schlug seine Decke beiseite, erhob sich und huschte leise und auf Zehenspitzen zur Schlafnische Sheilas hinüber. Dort setzte er sich auf den Rand und betrachtete dann konzentriert das Gesicht der Schlafenden. Seine erste Befürchtung, es könne der Frau möglicherweise gesundheitlich schlecht gehen, schien zum Glück nicht zuzutreffen. Stattdessen schien alles auf einen intensiven Traum hinzudeuten: eine mit feinem Schweiß bedeckte Stirn, die rollenden Augäpfel unter den geschlossenen Lidern, eine heftige Mimik und der hin- und her rollende Kopf. Schon wollte sich Pikopiko wieder abwenden, da vernahm er plötzlich deutlich einige leise geflüsterten Worte aus dem Mund der schlafenden Frau.
„Loubande...", verstand er aus dem feinem Wispern heraus.

„Loubande....Hellare-Kantake....Rigeldis, nach Rigeldis...."
Ständig wiederholten sich diese Worte, zwar in wechselnder Reihenfolge, aber es waren immer die gleichen Worte. Pikopiko runzelte seine violette Stirn, während er sich zugleich ratlos am Kinn kratzte. Mit diesen geflüsterten Worten konnte er nichts anfangen. Er hatte sie noch nie in seinem Leben gehört. Und doch...eines der Worte brachte eine zarte Saite tief in ihm zum klingen. Loubande...
Es war ihm, als wäre da was. Als ob er wenigstens einmal im Leben von diesem Wort und was es bedeutete zumindest gestreift worden war. Doch Pikopiko kam nicht dazu, weiter darüber nachzudenken. Urplötzlich richtete sich Sheila kerzengerade auf ihrem Lager auf, so überraschende, dass der sonst nicht so schnell zu erschütternde Hlax regelrecht zusammenzuckte und erschrak. Die Frau mit dem Schulterlangen Haar von der warmen rötliche Farbe eines vielseitig einsetzbaren Metalls riss ihre Augen auf und ihr Hände fuhren hoch, um Pikopikos Schultern zu umklammern.
„Sheila, was ist los?", fragte dieser leise die Frau.
Doch obwohl ihre grünen Augen weit und starr aufgerissen waren, schien sie ihn nicht wahrzunehmen, sondern durch ihn hindurchzusehen, falls sie überhaupt etwas in ihrem jetzigen Zustand bewusst wahrnahm. Dafür begann sie unvermittelt wieder zu sprechen. Dieses Mal gab sie allerdings andere Worte von sich, als zuvor.
„O..Omh'Drazaan..."stammelte sie kaum hörbar und wie abgehackt klingend. „Ne tuum....Omh'Drazaan... Omh'Drazaan..."
Der Hlax sah die Frau fragend an.
„Om Was?"
Er hatte absolut keine Ahnung, von was Sheila Sprache, und welcher Sprache sie sich dabei bediente. Sein Linguator konnte wohl ebenso wenig damit anfangen, denn sonst hätte er eine verständliche Übersetzung für die benutzten Begriffe von sich gegeben.
„Ne tuum...Omh'Drazaan", wiederholte Sheila unvermittelt.

„Omh'Drazaan....Omh'Drazaan ekh Malsamom!"
Als sie das letzte Wort von sich gegeben hatte, schlossen sich ihre Augen so plötzlich wieder, wie sie sie aufgerissen hatte. Die krampfartig um Pikopikos Schultern gekrallten Hände lösten sich und fielen wie schlaffe Anhängsel seitlich einfach herab. Dann stieß Sheila einen langen Seufzer aus und sank zurück in ihre Kissen und Decken. Kurz darauf zeugten tiefe und regelmäßige Atemzüge davon, dass sie einfach weiterschlief, als wäre gerade überhaupt nichts geschehen.
Pikopiko war auf das äußerste verwirrt. Kopfschüttelnd erhob er sich von dem Rand der Schlafnische und tappte grübelnd im schummrigen Schlafraum umher. Der Hlax konnte das Geschehene nicht recht einordnen. Sicher hätte er alles als Alptraum abtun können, wenn da nicht das letzte Wort gewesen wäre, das die Frau von der fernen Erde gebraucht hatte: Malsamom!
Damit konnten nur die gütigen Herren von Malsamom gemeint sein, die weisen und gerechten Herrscher in den Zeiten vor dem grausamen Quintarium von
Rhog-Than. Hier, in diesem Bereich von Pendra-Dor, dem großen Lichterrad, kannten die alten Sagen fast jedes Kind, wenngleich die heutigen Herrscher alles taten, diese Geschichten auszumerzen. Doch Sheila und die beiden Männer kamen von einem Planeten außerhalb des Quintariums. Noch wusste niemand hier, wo die Erde lag, wie weit weg sie war, und ob sie überhaupt noch zu Pendra-Dor gehörte. Woher, beim grellen Frell, sollte Sheila also näheres zu den gütigen Herren von Malsamom wissen.
Plötzlich hielt Pikopiko in seiner unruhigen Wanderung inne. Ihm fiel etwas ein, was geschehen war, als er mit seinen drei menschlichen Begleitern zum ersten Mal auf seinen Freund Tantraal gestoßen war. Dieser hatte Sheila danach gefragt, ob sie ‚die Gabe' habe. Die Frau wusste nicht, was er damit meinte. Es gab viele Orrwen, die emphatisch veranlagt waren. Einige hatten sogar Telepathie entwickelt. Und ganz wenige nur besaßen die

Fähigkeit der Präkognition. Das war ‚die Gabe', von der Tantraal damals sprach. Er schien gespürt zu haben, das Sheilas Geist zu mehr fähig war, als sie selbst vielleicht vermutete. Im Zusammenhang mit ihrem heftigen Traum und den gemurmelten und geflüsterten Worten, erschien alles in einem ganz anderen Licht. Der Hlax war sich mit einem Male sehr sicher, dass er den Vorfall nicht einfach abtun durfte. Da steckte mehr dahinter. Man musste nur noch herausfinden, was. Doch noch schliefen alle, und er würde noch ein paar Zakruum, quintarische Stunden, warten müssen. Und so schlüpfte er wieder unter die Decke seines provisorischen Lagers und versuchte, noch ein wenig zu schlafen.
Zwei Zakruum, oder auch vier Erdstunden später, saßen die drei Menschen, Pikopiko, Tantraal, dessen Gemahlin Aarane und Magistrat Lokwaal gemeinsam um einen großen, runden Tisch herum und nahmen ein herzhaftes Mahl ein. Und obwohl alle Gerichte und Getränke für Taylor, Mike und Sheila völlig fremdartig und ungewohnt waren, griffen sie herzhaft zu und aßen mit gutem Appetit. Eigentlich kein Wunder, handelte es sich schließlich um ihre erste, richtige Mahlzeit, seit sie auf Oswahaal gestrandet waren. Das und der tiefe Schlaf zuvor steigerten ihr Wohlgefühl erheblich.
Als sich alle einigermaßen gesättigt fühlten, berichtete Pikopiko, der die Neuigkeit nur mit Mühe zurückgehalten hatte, von den nächtlichen Ereignissen.
„Ich glaube, Sheila hatte heute Nacht so etwas wie Traumvisionen", sagte er mit geheimnisvoller Stimme.
„Wie bitte?", fragte Sheila verblüfft zurück. „Ich soll was gehabt haben?"
„Traumvisionen", wiederholte Pikopiko. „Du hast dich hin und her gewälzt, und seltsame Worte von dir gegeben."
„Dazu muss sie eigentlich nicht extra schlafen", scherzte Mike, und schickte sofort ein schmerzhaftes „Autsch!" hinterher, als ihm Sheila in die Seite boxte.
„Und was soll ich gesagt haben?", fragte die irischstämmige New Yorkerin mit einem drohenden

Seitenblick auf ihren dunkelhaarigen, vollbärtigen Freund.
„Du nanntest Begriffe, die ich nie zuvor gehört habe", sagte der Hlax.
„Kannst du wiedergeben, was Sheila gesagt hat?", wollte Tantraal wissen.
Pikopiko nickte.
„Ja", sagte er, „Die Worte waren so seltsam, dass es leicht war, sie sich zu merken. Also, zuerst sagte sie etwas, dass sich anhörte wie ‚Loubande', ‚Rigeldis' und ‚Hellare-Kantake'. Sagt euch das was?"
Er warf einen fragenden Blick in die Runde. Mike und Taylor schüttelten nahezu synchron verneinend ihre Köpfe, und auch die drei anwesenden Orrwen blickten eher ratlos drein.
„Also, ich kann mich nicht erinnern, diese Begriffe schon einmal gehört zu haben", meinte Magistrat Lokwaal, während er nach einer Kanne griff, um sich noch einmal heißen Telk- Krauttee nachzuschenken. „Aber du hast die so ausgedrückt, als hätte die Erdenfrau noch etwas anderes gesagt", fuhr der rotbraun befellte Orrwe fort.
„Ja, in der Tat", bestätigte Pikopiko. „Sie sagte noch einen zusammenhängenden Satz: Ne tuum Omh'Drazaan ekh Malsamom."
Peng!
Es gab einen lauten Knall, als Lokwaal der Teebecher aus der großen Hand mit den zwei Daumen glitt und auf dem dunklen Holz des Tischer zerbarst. Das laute Geräusch ließ alle zusammenzucken. Während sich die drei Menschen eher

ratlos anschauten, registrierte Pikopiko befriedigt, dass die wiedergegebenen Worte bei den drei Orrwen so etwas wie Fassungslosigkeit ausgelöst hatten.
„War...waren das genau die Worte, die Sheila gebraucht hat?", hakte Tantraal nach, mühsam um seine Beherrschung ringend.
„Ja, exakt das hat sie im Traum gesagt", bestätigte Pikopiko. „Und euren Reaktionen entnehme ich, dass ihr

wohl wisst, was sie bedeuten?"
Nach kurzem Zögern nickte Lokwaal, so dass Taylor für sich erstaunt feststellte, wie menschlich diese Geste, die wohl nicht nur in seiner Ecke des Weltalls benutzt wurde, an der großen, massigen Gestalt des Orrwen wirkte. Lokwaal verständigte sich kurz mit Blicken und unter Benutzung der Orrwen- Sprache Hoor mit seinen beiden Artgenossen.
„Das was die Frau gesagt hat...", begann er dann zögernd zu sprechen, „Nun, den Widerstand benutzt diese Worte in ähnlicher Weise für sich. Dort heißt es allerdings ‚Es leben die gütigen Herren von Malsamom'..."
„Der Widerstand?", rief Pikopiko überrascht und mit aufgerissenen Augen auf. „Soll das heißen, ihr habt Kontakt zum Widerstand? Das wusste ich ja gar nicht!"
„Es ist nicht gut, wenn man zu viel weiß, mein Freund Pikopiko", sagte Tantraal mit seiner hellen Kinderstimme. „Immerhin standest du in Lohn und Brot bei der Quintarischen Garde. Und welche Methoden diese Anzuwenden weiß, wenn es darum geht, jemandem Wissen zu entlocken, ist uns allen gut bekannt."
Nach kurzen überlegen stimmte der Hlax der Argumentation des Orrwen zu. Manchmal konnte es tatsächlich von Vorteil sein, nicht alles zu wissen.
„Ich verstehe", sagte er deshalb daraufhin. „Aber ich glaube, die vom Widerstand benutzten Worte unterscheiden sich von denen, die Sheila verwendete. Das schien euch ziemlich aus der Fassung gebracht zu haben. Sehe ich das richtig?"
„Vollkommen, Freund Pikopiko", bestätigte Tantraal. „Sheilas Worte bedeuten nämlich ‚Die gütigen Herren von Malsamom leben'!"
Diese Offenbarung traf den Hlax wie ein Schwall eiskalten Wassers. Zuerst schien im der Atem stocken zu wollen, dann ließ er jedoch die Luft mit einem geräuschvollen Zischen aus seinen Lungen entweichen. Das, was die Orrwen da andeuteten, war auch zu ungeheuerlich, wenn es sich als wahr herausstellen sollte.

Doch bevor sich Pikopiko, die Orrwen oder die drei Menschen mit dem Geschehen der vergangenen Nacht näher auseinandersetzen konnten, geschah etwas anderes. Krachen wurde die hölzerne Eingangstür zur Wohnung aufgestoßen. Noch während der Hlax und die Gastgeber erschrocken und alarmiert zugleich aufsprangen, kam ein junger Orrwe in den Raum gestürzt.
„Schlechte Neuigkeiten!", rief er atemlos.
„Die Quintarische Grade hat damit begonnen, von Westen her den Kontinent systematisch abzusuchen. Unsere Gäste sind hier nicht mehr sicher!"
Taylor, Sheila und Mike blickten sich betroffen an. Ihnen war im selben Moment klar geworden, was diese Nachricht für sie hieß: dass ihre kurze, erholsame Ruhepause ab sofort beendet war, und sie sich wieder auf der Flucht befanden.

„Rennen, rennen, rennen!", fluchte Mike Iron lauthals.
„Seit wir hier auf diesem Planeten, der weiß-Gott-wo im All um seine zwei Sonnen kreist, angekommen sind, fliehen wir. Ich komme mir schon vor wie der gute alte Doktor Richard Kimble!"
„Richard wer?", fragte Sheila, atemlos keuchend, während sie eine der beiden langen Spiralförmigen Rampen des Orrwen- Dorfes Seloro hinunter rannten.
„Du kennst Richard Kimble nicht?", fragte Mike ungläubig zurück.
„Das ist ja eine echte Bildungslücke. Sag doch auch mal was dazu, Taylor!"
Der Angesprochene warf dem schwarzhaarigen Freund im Rennen einen amüsierten Seitenblick zu.
„Also, wenn dein einziges Problem ist, das Sheila eine Uralt- Fernsehserie nicht mehr kennt, dann muss es uns ja wirklich gut gehen", meinte er süffisant.
Das dem nicht so war, bewies die Tatsache, dass sich die

drei Menschen wieder auf der Flucht befanden. Es war gerade mal ein paar Minuten her, dass ein junge Orrwe mit schlechten Nachrichten in die Wohnung Tantraals gestürmt gekommen war. Er berichtete, dass die Zon- Gardisten in den Bergen westlich von Seloro damit begonnen hätten, den Kontinent Aliron großflächig mit vielen Gardegleitern nach den geflüchteten Menschen und ihren Freund, dem Hlax Pikopiko abzusuchen. Denn dadurch, dass Taylor, Mike und Sheila durch ein uraltes Sternentor, dem Tor von Anklamurie, nach Oswahaal kamen, stellten sie in den Augen der herrschenden Mächte im Quintarium von Rhog Than eine Bedrohung dar. Denn eine uralte Sage berichtete davon, dass einst durch das besagte Sternentor Fremde erscheinen und das Ende der Herrschaft durch die Quintaten von Rhog- Than einleiten würden, um so den gütigen Herren von Malsamom die Rückkehr zu ermöglichen. Im Umkehrschluss bedeutet dies für die drei New Yorker, im ganzen Quintarium von nun an Gejagte zu sein, und sich stets dreimal zu überlegen, wem man trauen könne. Zum Glück gab es aber auch Einwohner in diesem Sternenreich, die uneingeschränkt auf Seite der Menschen standen. Pikopiko war ein Beispiel dafür. Der Hlax fühlte sich den Menschen verbunden, nicht nur, seit er verblüfft feststellen musste, das sein und das Genom der Menschen zum größten Teil deckungsgleich waren. Oder die Orrwen, jene einheimischen Intelligenzen, die auf Taylor und seine Freunde wie gutmütige, tapsige Bären wirkten. Zu ihrer Überraschung stelle sich heraus, dass die Orrwen offensichtlich dem Widerstand gegen das Imperium angehörten. Sie hatten die drei Menschen herzlich aufgenommen, ihnen Obdach und einen Platz zum ausruhen geboten. Das sie nun wieder flüchten mussten, lag an der intensiven Suchtätigkeit der Quintarischen Garde. Nicht nur Taylor M. Harris III. empfand es als überaus frustrierend von jemandem oder etwas gejagt zu werden, dem er noch nie zuvor begegnet war, und von dem er absolut nichts wusste. Zwischenzeitlich war ihm zwar das eine oder andere klar geworden, doch in der kurzen Zeit, in der er und seine Freunde Sheila und Mike hier auf dem Planeten Oswahaal weilten, blieben ihm die großen Zusammenhänge noch verschlossen. Offensichtlich befanden sie sich jedoch in einem Sternenreich, zu dem viele tausend Sonnen und noch mehr Planeten gehörten. Einst regiert von den gütigen und weisen Herren von Malsamom, herrschte nun eine Diktatur in Person der Quintaten von Rhog-Than und ihren Schergen, den Quin-Regulatoren und der Quintarischen Garde. Es musste sich dabei wirklich um eine ungeliebte Schreckensherrschaft handeln, die mit brutalen und unterdrückerischen Mitteln ihre Macht erhielt. Aber, wie sie in der kürze der Zeit festgestellt hatten, es regte sich durchaus Widerstand gegen die Quintaten. Und die Mitglieder dieser Widerstandsbewegung standen auf der Seite der drei Menschen. Zu deren Glück, denn sonst wären sie schon längst der Quintarischen Garde, und damit auch den unheimlichen Quintaten in die Hände gefallen. Nicht auszudenken, was geschehen wäre, hätten die Gardedrohnen Taylor, Mike und Sheila nicht ausgerechnet in die Wachstation verfrachtet, in der ihr neuer Freund Pikopiko, dem zerstreut lebenden Volk der Hlax entstammend, seinen einsamen Dienst verrichtete. Zufall oder Schicksal? Glaubte man den Prophezeiungen, dann war es mit Sicherheit mehr als Zufall. Taylor schwindelte, als er versuchte, sich der gesamten Tragweite des Geschehens bewusst zu werden. Pikopiko lenkte ihn dann jedoch mit einer Frage, die er an den Orrwen Tantraal richtete, von seinen Grübeleien ab.

„Sag mal, Tantraal, wie habt ihr eigentlich so schnell von der Suchaktion der Quintarischen Garde erfahren?", erkundigte sich der Hünenhafte Hlax, der trotz seiner Körpergröße von knapp zwei Metern neben den gut zwanzig Zentimeter größeren und wesentlich breiteren Orrwen regelrecht klein wirkte.

„Es gibt auf ganz Aliron tausende von Beobachtungsposten. Wenn etwas geschehen sollte, dann werden die Nachrichten in Hoorr, unserer Sprache, und

damit in Infraschall rasch über den Kontinent verbreitet", erklärte der mit seinem dunkelbraunen, zotteligen Fell wie ein großer Bär wirkende Eingeborene etwas atemlos.
„Außerdem gibt es da noch ein gut ausgebautes Glasfasernetz, in das jede orrwische Siedlung eingebunden ist", fügte er dann noch hinzu.
„Ihr überrascht mich immer mehr", erwiderte Pikopiko daraufhin verblüfft. „Erst die Tatsache, dass ihr dem Widerstand angehört. Und jetzt das Glasfasernetz? Das passt irgendwie gar nicht zu dem Bild, dass man von den Orrwen im Quintarium allgemein hat!"
„Du meinst, was wir träge, tölpelhafte, begriffsstutzige Bauern sind, die kaum von einem Braungrashalm zum anderen denken können?", sagte Tantraal, und seine knabenhaft hohe Stimme hörte sich dabei durchaus belustigt an.
Pikopiko nickte nur stumm mit seinem von hüftlangen, schnurdicken roten Haaren bedeckten Kopf dazu.
„Na, dann haben wir ja gute Arbeit geleistet", freute sich Tantraal.
„Denn genau dieses solle ja alle von uns denken. Vor allem alle, die direkt oder indirekt etwas mit den Quintaten oder der Quintarischen Garde zu tun haben. Als dumme Bauern zu gelten, hat so seine Vorteile, vor allem, wenn man für den Widerstand arbeitet. Von Nachteil ist allerdings, dass es uns in technischer Hinsicht einige Beschränkungen beschert."
„Aber Glasfaserkabel sind doch auch Technik. Und zwar keine simple, wenn ich das mal so einwerfen darf", merkte Taylor an, der die Unterhaltung mitverfolgt hatte.
„Schon...", antwortete Tantraal. „Aber es ist Technik, die keine verräterischen Emissionen erzeugt. Lichtgeneratoren verwenden wir schließlich schon ewig. Es ist also nicht verdächtig, dass wir diese besitzen. Das Handwerk der Glasherstellung in allen Formen und Varianten ist eine Technik, die unser Volk seit Jahrtausenden praktiziert. Wir handeln schließlich auch mit Glaserzeugnissen. Da fällt es kaum auf, wenn praktisch nebenher einige tausend

Kilometer Glasfasern zum Eigengebrauch erzeugt werden."
„Wirklich raffiniert!", staunte Pikopiko laut.
„Ich würde Euch noch gerne mehr erzählen, aber dafür fehlt uns die Zeit!", sagte Tantraal. „Wir sind da!"
„Da?", fragte Mike Iron verblüfft und schaute sich um.
„Aber das ist doch nur der Grund eures Schachtförmig angelegten Dorfes!"
Zur Unterstützung seiner Worte machte Mike eine Geste, die den gesamten Dorfplatz mit einbezog. Es gab dort einen zentralen Springbrunnen, sowie drei orrwenhohe Wandbrunnen, welche die Eckpunkte eines gedachten, gleichschenkligen Dreiecks bildeten. Türen oder sonstige Öffnungen waren in dem goldenen Dämmerlicht hier am Dorfgrund nicht zu erkennen.
Tantraal antwortete nicht gleich darauf, sondern er zwinkerte dem bärtigen und schwarzhaarigen New Yorker nur aus seinen riesigen, dunkelbraunen und sehr Ausdrucksstarken Augen zu. Dann gab er den anderen Orrwen, die mit den Menschen und dem Hlax zusammen die lange Spiralrampe herunter gerannt gekommen waren, ein kurzes Zeichen. Daraufhin strebten Tantraal und zwei weitere Orrwen jeweils einem der Wandbrunnen entgegen. Noch während Pikopiko und die drei Menschen verwunderte Blicke austauschten, brachten sich die drei Orrwen in Positur. Gleich darauf spürte Taylor ein Kribbeln im Bauch, und es wurde im schlagartig klar, dass Tantraal und seine beiden Artgenossen Laute im Infraschallbereich von sich gaben, also in Hoorr, der orrwischen Sprache. Der Sinn dieser Aktion wurde einen kurzen Moment später deutlich.
Der Wasserfluss des Brunnens, der aus einem Arm dicken, kupfernen Rohr in ein Trog förmiges Becken plätscherte, versiegte innerhalb von Sekunden. Anschließend war deutlich ein dreimaliges, lautes Klacken zu vernehmen. Tantraal trat an den rechten Rand des scheinbar fest in die Säulenwand des Dorfes eingelassene Anlage und klappte sie nahezu lautlos und leicht nach links auf, gerade so, wie wenn man eine normale Tür öffnet. Der Hlax und die drei

Menschen rissen verblüfft ihre Augen auf.
„Beim grellen Frell!", entfuhr es Pikopiko. „Heute ist wohl der Tag der Überraschungen. Ein Geheimgang!"
„Schnell, hier herein!", drängte Tantraal seine Gäste. „Jede Minute zählt. Ein Tagesmarsch, selbst wenn man Hulatli zum reiten zur Verfügung hat, ist für Gardegleiter keine Entfernung. Nur in den Katakomben von Aliron habt ihr eine Chance, dem Zugriff der Quintarischen Garde zu entkommen!"
Wie auf Kommando rannten Taylor, Mike, Sheila und Pikopiko auf die vom Lichtkraut nur spärlich erhellte Öffnung zu, denn Tantraal hatte ihre prekäre Situation kurz und knapp auf den Punkt gebracht. Sie gelangten in einen kurzen Gang, der für einen Orrwen schmal und eng wirken mochte, für sie selbst aber ausreichend Platz bot. Schon nach höchstens drei Metern schwenkte dieser Gang in einem Winkel von 90 Grad nach links ab und verwandelte sich gleichzeitig in eine steile Treppe. Die Flüchtenden hasteten die breiten Stufen hinunter. Mike warf einen kurzen Blick über seine Schulter zurück und konnte erkennen, dass Tantraal und noch mindestens zwei weitere Orrwen ihnen folgten. Gerade noch rechtzeitig drehte er sich wieder um und konnte gerade noch abbremsen, bevor er frontal gegen die Felswand vor ihm rannte. Die Treppe machte abermals einen Schwenk nach links. Es folgten noch viele solcher Kehren, die scheinbar willkürlich immer wieder die Richtung änderten, aber dabei stetig abwärts führten.
„Warum ist diese Treppe denn so verwinkelt angelegt", fragte Mike atemlos über seine Schulter hinweg den direkt hinter im herabsteigenden Tantraal.
„Ortungsschutz", antwortete dieser schnaufend. „Diese Felsen enthalten viele Erze und Minerale, die einen hervorragenden Ortungsschutz abgeben. Die Treppe ist so angelegt, das wir auf so dichtem Raum wie möglich so viele Wände des Felsen zwischen uns und der Oberfläche bringen. So können uns die Ortungssysteme der Gardegleiter nicht mehr erfassen. Wäre der Treppenschacht

gradlinig angelegt worden, dann..."
„Böten wir dieser Garde eine Paradeortung", vervollständigte Mike die Erklärung des Orrwen. „Ich habe begriffen und bin euch äußerst dankbar für diese Erklärung!"
Nach endlos erscheinenden Minuten erreichte die insgesamt siebenköpfige Gruppe einen größeren Treppenabsatz. Hier gähnte neben den weiter abwärts führenden Stufen eine schwarze, kreisrunde Öffnung im schimmernden Fels, die groß genug war, um einen ausgewachsenen Orrwen aufnehmen zu können. Sheila trat neugierig an die Öffnung heran und spähte hinein. Sie sah einen schräg nach unten führenden Schacht, der sie frappant an eine Röhrenrutsche erinnerte.
„Ab hier werden wir unseren Abstieg ein wenig beschleunigen können", bestätigte Tantraal auch sogleich ihre Vermutung. „Diese Rutsche führt hundert Meter weiter nach unten, auf einen ähnlichen Absatz wie diesen hier. Von dort aus geht es mit einer seitlich etwas versetzten Röhren wieder hundert Meter weiter runter. Das machen wir ein paar Mal, bis wir die unterste Sohle mit den Katakomben erreicht haben."
„Du liebe Güte!", wunderte sich Mike. „Wie weit nach unten geht das denn?"
„An dieser Stelle bis auf eine Tiefe von einem Kilometer, an den tiefsten Stellen sogar bis zu drei Kilometern", antwortete Tantraal bereitwillig auf die Frage des ehemaligen Bodyguards.
Diesem verschlug es ob dieser Antwort glattweg die Sprache, und er starrte die zottelige, rotbraune Gestalt vor sich nur aus weit aufgerissenen Augen an.
„Beeindruckend!", meldete sich an seiner statt Taylor zu Wort. „Da habt ihr sicher eine ganze Zeit lang daran gegraben."
„Wir hatten ja ein paar tausend Jahre Zeit dazu, seit das Quintarium die Regentschaft der gütigen Herren von Malsamom gewaltsam beseitigt hatte", lautete die gleichmütige Antwort des Orrwen.

Nun verschlug es auch Taylor die Sprache, denn die zeitlichen Dimensionen, die Tantraal so einfach in einem Satz zu Sprache brachte, waren schlichtweg überwältigend.
„Tantraal, die Zeit läuft uns davon!", drängte Levoor, jener junge Orrwe, der die Nachricht von der Suchaktion der Quintarischen Garde überbracht hatte, den älteren Artgenossen, sich nicht länger mit Erklärungen aufzuhalten.
„Levoor hat recht, meine Freunde", sagte er dann auch sofort.
„Die Gardegleiter dürften jeden Moment das Gebiet unseres Dorfes Seloro erreicht haben. Und jeder weitere Meter Gestein zwischen uns und der Oberfläche minimiert unser Risiko, doch noch entdeckt zu werden. Also folgt mir in die Rutschen!"
Er winkte den drei Menschen und Pikopiko auffordernd zu, dann drehte er sich herum und schwang sich für seine riesige Gestalt überraschen leichtfüßig in die dunkle Steinröhre hinein, wobei ihm ein stabiler, offenbar hölzerner Haltegriff über der Röhrenöffnung behilflich dabei war.
„Und jetzt zwei von Euch Menschen!", forderte Levoor die noch ein wenig unschlüssig dastehenden New Yorker auf.
„Na dann, hinein ins Vergnügen!", meinte Sheila mit skeptischen Gesicht. Sie trat an das dunkle, in unbekannte Tiefen führende Loch heran und schaute mit einem Schaudern hinein. Dann warf sie noch einmal einen Blick zurück auf ihre Gefährten. Schließlich nickte sie entschlossen und kletterte auf den Rand des Loches hinauf, schwang ihre Füße nach vorne und war im nächsten Moment in der Röhre verschwunden. Mike Iron wartete noch einen kurzen Moment, damit ein wenig Abstand zwischen ihm und ihr lag, um ihr gleich darauf in die Tiefe zu folgen.
„Paloor wird als nächster gehen", sagte Levoor und wies auf den dritten Orrwen, der sich durch sein fast grauschwarzes Fell von Tantraal und Levoor deutlich

abhob.
Paloor stapfte heran und schwang sich ohne zu zögern in die Röhrenrutsche hinein. Sogleich nickte Levoor Pikopiko und Taylor zu.
„Und nun ihr beiden", forderte er den New Yorker Milliardär und seinen Freund, den Hlax auf. „Ich werde den Abschluss bilden."
Gleich darauf war der Absatz vor der ersten abwärts führenden Röhre leer, und nur vereinzelt aus der Tiefe der Rutsche herauf dringenden Geräusche belegten, dass sich hier gerade noch jemand aufgehalten hatte.

Ungeduldig starrte Zon-SarkanN Amirphan auf die Kontrollen der Ortungsanlagen seines Gardegleiters. Die Kette der 48, golden schimmernden, ellipsoiden Flugkörper hatte sich nun schon ein ganz Stück weit in westliche Richtung in das braun, rot und violett schimmernde Meer der Braungrassteppe des Kontinents Aliron vorgearbeitet. Er las die Entfernungswerte ab und rechnete sie im Kopf um, so dass er wusste, das die zurückgelegte Strecke in etwa dem entsprach, was ein kräftiger und erwachsener Hlax an einem Tag zurücklegen konnte. Für den Zon bestand kein Zweifel, dass dies die plausibelste Suchzone für die Gardegleiter war. Er wusste, dass der im eigentlich vorgesetzte Zon Sar'Nok, der Kohortenführer also, die Order aus dem Regulatorium hatte, denn gesamten Kontinent nach den dort vermuteten Flüchtenden abzusuchen. Amirphan hielt das für verschwendete Zeit, hütete sich aber, seiner Kritik vernehmbaren Ausdruck zu verleihen. Da hätte er gleich nackt und unbewaffnet in das Maul eines Kor'Tan- Giganten, dem größten Raubfisch in den Meeren seines Heimatplaneten Ar'Zon, schwimmen können. Seine Situation und die der anderen an der Suche beteiligten Zon-Gardisten wurde auch so mit jeder verstreichenden Zeiteinheit prekärer. Denn bisher konnten sie noch keinen Erfolg aufweisen. Eine innere Unruhe machte sich in ihm breit. Der Zon-SarkaN fürchtete diese Unruhe, denn wurde sie stärker, neigte man zu vorschnellen oder falschen

Entscheidungen, die unter Umständen Verhängnisvoll sein konnten. Amirphan zwang sich zur Ruhe und atmete tief durch die sechs kreisrunden Atemöffnung auf seinem Trompetenartigen Rüssel ein und aus. Dann überlegte er, was man unternehmen könnte, um die Suche wirkungsvoller zu gestalten. Die acht schlanken, von lederartiger Haut überzogenen Finger der jeweiligen Hände seines oberen Armpaares huschten über die leuchtenden Schaltfelder des Kontrolldisplays vor ihm. Der Zon- Gardist rief eine optische Darstellung jenes Gebietes ab, welches die 48 Gardegleiter gerade während ihrer Suche überquerten. Weitere Befehlseingaben ließen eine geographische Karte einblenden, auf der die bekannten orrwischen Siedlungen eingezeichnet waren. Zuletzt projizierte er eine farbig schraffierte Fläche darüber, die jenes Gebiet markierte, welches Amirphans Meinung nach am ehesten dem möglichen Fluchtbereich darstellte. Dann studierte er die Darstellung auf dem Monitorbild vor sich. Insgesamt entdeckte sieben Siedlungen der einheimischen Orrwen, die in dem markierten Gebiet lagen. Es hieß zwar im allgemeinen, dass diese grobschlächtigen und tumben Orrwen sich aus allem politischen raus hielten und dem Quintarium eher gleichgültig bis uninteressiert gegenüber traten, doch es mochte nicht schaden, wenn man sich diese Siedlungen ein wenig genauer ansah. Rasch nahm er ein elektronisches Notizpad zur Hand und notierte sich die Namen der Orrwen- Dörfer: Lekun, Telo, Merone, Lian, Deval, Pluhn und Seloro. Nachdem er das erledigt hatte, nahm er Kontakt zum befehlshabenden Zon Sar'Nok auf. „Zon-SarkaN Amirphan spricht, Kohortenführer Trephan", meldete er sich. „Ich hätte da einen Vorschlag bezüglich der in dem aktuellen Kontrollbereich liegenden Orrwen- Dörfer..."

Die Rutschpartie in der großen, dunklen Röhre schien eine Ewigkeit zu dauern. Ewig deswegen, weil keiner abschätzen konnte, wie lange das Durchqueren des aus glatt poliertem Gestein bestehenden Gebildes zu dauern hatte. Hinzu kam die relative Dunkelheit. Das schwach vom Treppenabsatz herab fallende, gelbliche Dämmerlicht aus den biolumineszenten Lichtpflanzen die den Treppenschacht bisher erleuchtet hatten, hatte rasch an Intensivität verloren. Das hieß, dass die Orrwen, die drei Menschen und der Hlax gut zwei Drittel der Strecke in absoluter Finsternis zurücklegen mussten. Für die Orrwen, die das System der Röhrenrutschen kannten, bedeutete dies sicherlich kein großes Problem. Und auch der Hlax Pikopiko kam mit den Gegebenheiten wohl gut zurecht, lebte er doch schon viele Jahre auf Oswahaal. Zudem kannte er die Orrwen, allen voran Tantraal so gut, dass er ihnen vertraute. Doch für die drei Menschen war die Situation sehr beklemmend. Nicht nur, dass sie in der auf orrwische Verhältnisse zugeschnittenen Röhre ständig dagegen ankämpfen mussten, nicht ins drehen oder schlingern zu kommen. Zusätzlich kam noch, dass ihnen hier alles, aber auch wirklich alles Abgrundtief fremd war. Es gab sprichwörtlich nichts, was ihnen Halt versprach, an dem sie sich in der Fremde orientieren musste. So erlebten sie die Fahrt in eine ungewisse Tiefe in einer mehr als beklemmenden Situation. Vor allem Sheila war mehrfach nahe daran, in grenzenlose Panik zu verfallen. Sie kämpfte mühsam gegen die aufsteigenden Tränen und das Gefühl der absoluten Verlorenheit an, während sie gleichsam darum bemüht war, ihrer Rutschfahrt Stabilität zu geben und sie nicht zu schnell werden zu lassen. Endlich sah sie voraus das sprichwörtliche Licht am Ende des Tunnels auftauchen, während gleichzeitig die Neigung der dunklen Steinröhre flacher und flacher wurde. Die irisch stämmige New Yorkerin versuchte, ihre Fahrt noch weiter abzubremsen, als sie auch schon auf einer flachen Gesteinszunge hinaus ins trübe Dämmerlicht des nächsten Treppenabsatzes hinaus rutschte. Doch bevor sie über das Ende der Rutschbahn hinaus schießen konnte, fühlte sie sich hoch gehoben und gleich darauf sanft auf die Beine gestellt. Etwas verdattert stand sie da, während ihr Tantraal aus seinen großen, braunen Augen beruhigend

zublinzelte. Er war es gewesen, der sie sicher auf ihre Füße zurückgestellt hatte. Schon wandte sich der auf die schlanke Frau riesenhaft wirkende Orrwe wieder der Röhrenöffnung zu, denn gleich darauf kam Mike Iron daraus hervor geschossen. Auch er wurde auf die gleiche Art und Weise wie zuvor Sheila abgebremst und sicher auf dem Treppenabsatz abgesetzt. Er machte ein etwas verdutztes Gesicht, grinste Sheila, wenn auch noch ein bisschen schief, aber schon wieder an, als er auf seinen beiden Beinen stand. Als nächste schoss der ältere von den drei Orrwen, Paloor, aus dem dunklen Loch heraus, bremste sich geschickt mit seinen für menschliche Begriffe riesigen Händen ab und sprang mit einer Leichtigkeit auf die stämmigen Beine, die man solch einer massigen Gestalt ja nun überhaupt nicht zutraute.
Taylor und Pikopiko kamen dicht hintereinander an. Während der blonde Milliardär wie zuvor auch schon Sheila und Mike auf den Boden zurück gestellt wurde, sprang Pikopiko alleine auf die stämmigen Beine, federte kurz ab und stand dann sicher. Als dann Levoor als letzter auftauchte, war die Gruppe wieder komplett.
„Alles in Ordnung mit unseren Gästen?", erkundigte sich Tantraal besorgt.
Doch die nickten nur und versicherten ihm, dass es ihnen allesamt gut ging.
„Dann sollten wir uns nicht länger aufhalten", meinte Tantraal daraufhin. „Ihr wisst ja nun, wie es funktioniert. Lasst uns also gleich die nächste Röhre nach unten nehmen.
Er stapfte sogleich den Treppenabsatz entlang, der weitaus größer war, als derjenige, von dem aus die erste Rutsche hierher geführt hatte. Etwa ein Meter links neben der Öffnung derselben führte die altbekannte Treppe nach oben. Zwei Meter weiter, an der Gegenüberliegenden Wand, gingen die Stufen erneut hinab. Und noch einmal drei Meter dahinter gähnte das nächste, dunkle Loch der zweiten abwärts führenden Rutsche in der Gesteinswand. Ohne sich länger aufzuhalten, schwang sich Tantraal in

das dunkel in der Wand gähnende Rund hinein. Diesmal folgten Sheila und Mike ohne Zögern, und auch der Rest der Truppe nahm den bequemen Weg nach unten sehr zügig. Dieses Spiel wiederholte sich insgesamt neun Mal, und mit jedem zurückgelegten Meter wuchs der Respekt der Menschen vor der Arbeit der Orrwen, die dies alles hier aus dem blanken Fels herausgeschlagen hatten.
Die letzte der abwärts führenden Röhren entließ sie in einer riesigen, Domartigen Halle, deren lichte Höhe gute zwanzig Meter betragen mochte. Die Breite schätze Taylor auf mindestens fünfzig, und die Länge auf gut und gerne hundert Meter. Staunend schauten sich die drei Menschen um, und auch Pikopiko stand mit offenem Mund da, so das seine hellgrünen Zahnreihen im Licht hunderter Leuchtpflanzen glänzten.
„Beim grellen Frell!", entfuhr es ihm ehrfürchtig.
Taylor nahm sich vor, den violetten Freund bei nächster Gelegenheit danach zu fragen, was es mit diesem oft zitierten 'grellen Frell' aus sich hat. Aber dieser flüchtige Gedanken verging so schnell wie er gekommen war, als Mike ihn mit seinen überraschten Ausrufen wieder davon ablenkte.
„Das ist der reine Wahnsinn!", kommentierte der bärtige Bodyguard das Gesehene. „Ich komme mir vor wie in der Kaverne eines Salzbergwerks, das ich mal besichtigt hatte. Da gab es auch so gigantische Hallen unter Tage! Ist das nicht ein bisschen überdimensioniert, Tantraal?"
Der Mann mit der Statur eines kanadischen Holzfällers richtete den Blick seiner dunkelbraunen Augen auf die massige Gestalt ihres orrwischen Freundes.
Dieser gab ein Brummen von sich, das wohl eine einheimische Variante
eines Lachens sein sollte.
„Nur auf den ersten Blick, mein Freund", erwiderte er dann. „Diese Halle ist so etwas wie ein Notfallraum für ganz Seloro. Hierher kann sich die gesamte Dorfbevölkerung zurückziehen, falls Gefahr drohen sollte. Es gibt hier nämlich eine Wasserversorgung. Und in weiteren,

anschließenden Räumen lagern Nahrungsmittelvorräte für viele Monate. Außerdem sorgt ein ausgeklügeltes Belüftungssystem für eine ständige Zirkulation und Zufuhr frischer Atemluft, wie du bemerkt haben dürftest."
„Schon...", gab Mike Iron mit nachdenklichem Gesichtsausdruck von sich. „Sicher habt Ihr Euch dabei etwas gedacht, einen solchen Schutzraum anzulegen..."
„Aber?", hakte Tantraal nach, der genau merkte, dass den schwarzhaarigen Mann von der unbekannten Erde noch etwas auf dem Herzen lag.
„Sitzt ihr hier unten nicht in der Falle, wenn euch zum Beispiel diese Gardesoldaten trotz aller Tarnung der Zugänge aufspüren sollten?"
„Guter Einwand, mein Freund!", gab Tantraal zu. „Ich wette, dieser Gedanke beschäftigt dich schon, seit wir uns auf den Weg nach hier unten begeben haben.
„Nicht nur ihn!", meldete sich nun auch Taylor, der neben seinen Freund und ehemaligen Lebensgefährten getreten war und ihm eine Hand auf die Schulter gelegt hatte.
„Mir ist zwar klar, dass wir hier unten vor den Ortungsgeräten der Garde sicher zu sein scheinen, aber was kommt dann?"
Er schaute den Orrwen fragend an.
„Ich meine, wir können ja schließlich nicht ewig hier unten bleiben. Irgendwann müssen wir wieder hoch. Wie soll es also weitergehen?"
„Natürlich müsst ihr wieder an die Oberfläche zurück", sagte Tantraal und musterte die drei Menschen und den Hlax nacheinander aus seinen riesigen, durch die glatten Fellspiegel darum herum wie von einem Uhu wirkenden Augen.
„Allerdings nicht hier, sondern an einer anderen Stelle."
„Wie, an anderer Stelle?", erkundigte sich Mike verwirrt, und auch Sheila, Taylor und Pikopiko tauschten verwunderte Blicke.
Tantraal stieß wieder jenes brummende Lachen aus, in das auch Paloor und Levoor mit einstimmten.
„Es hat niemand behauptet, dass wir schon am Endpunkt

unseres Weges angekommen wären", gab er dann einen kleinen Tipp ab.
„Du meinst also, es geht hier unten noch weiter?", dämmerte es Taylor.
Und Sheila wollte wissen: „Und wohin geht es weiter?"
„Oh, es gibt viele Ziele", gab Levoor anstatt Tantraal zur Antwort.
„Ganz Aliron ist mit einem System von Katakomben verbunden, an das die meisten der orrwischen Siedlungen angeschlossen sind."
„So können wir uns ungesehen und unbemerkt von der Quintarischen Garde in ganz Aliron bewegen. Das System umfasst viele tausend Kilometer an Tunnel", ergänzte der älteste der drei Orrwen, Paloor, nicht ohne Stolz in der kindlich hellen Stimme.
Während Taylor sich ob dieser Eröffnung wie vor den Kopf geschlagen fühlte, brach Pikopiko in schallendes Gelächter aus.
„Das darf doch nicht wahr sein!", prustete er los.
„Die höhlen einen ganzen Kontinent aus, und das vor den Augen des gesamten Quintariums, und diese Nisgelden merken davon nichts. Na, wenn das nicht zum brüllen komisch ist!"
Doch noch bevor Mike, Taylor und Sheila in das Gelächter des Hlax einfallen konnten, geschah etwas sehr merkwürdiges. Tantraal, Levoor und Paloor erstarrten plötzlich und warfen ihren Kopf in den Nacken. In dieser Stellung verharrten sie Minuten lang. Taylor, der sich keinen Reim auf dieses seltsame Verhalten machen konnte, kratzte sich nachdenklich am Kopf, als ihn ein leises Stöhnen seitlich von ihm alarmiert herum fahren ließ. Sheila war in die Knie gegangen und griff sich dabei mit schmerzverzerrtem Gesicht an den Kopf. Ihr Oberkörper schwankte leicht hin und her, gerade so, als fühlte sie sich benommen.
„Sheila!", rief Taylor erschrocken aus und war mit einem Satz neben der Freundin, wo auch er sich sogleich in die Hocke niederließ.

„Was ist mit dir los?", fragte er mit besorgtem Blick.
„Ich...ich spüre etwas", antwortete die schlanke Frau zögernd, gerade so, als müsste sie sich stark konzentrieren, um diese Worte hervorzubringen.
„Was spürst du?"
Diese Gegenfrage kam von Mike, der zusammen mit Pikopiko zu ihr und Taylor herübergekommen waren.
Sheila schüttelte schwach ihren Kopf mit dem schulterlangen, Kupferfarbenen Haar.
„Es sind Eindrücke, vage Bilder, wie von hunderten von Kameras aufgenommen und gleichzeitig in mein Gehirn gesendet", versuchte sie zu erklären, was mit ihr geschah.
„Bilder? Kannst du denn erkennen, was diese Bilder darstellen?"
Die Stimme Taylors klang mit einem Mal angespannt, als er diese Frage stellte. Mike schaute den blonden Mann daraufhin aufmerksam an, den auf Grund der Art und Weise, wie sein Freund diese Frage gestellt hatte, vermutete der Bodyguard, dass dieser einen gewissen Verdacht hegte.
Doch bevor er sich näher damit Auseinandersetzen konnte, lenkte Sheila seine Aufmerksamkeit wieder auf sich.
„Alles ist verschwommen und überlagert", sagte sie gerade leise, und die Falten auf ihrer hübschen Stirn verrieten, wie sehr sie sich dabei konzentrierte. „Ich sehe dunkle, große Gestalten, mit vier Armen, in denen sie etwas halten, was Waffen sein könnte", schilderte sie leise und mit geschlossenen Augen ihre Eindrücke. „Ihr Kopf ist seltsam, mit einer schmalen, langen Schnauze, die wie eine Trompete aussieht, und ihre beiden Augen scheinen in verschiedene Richtungen gleichzeitig schauen zu können. Diese Wesen stecken in seltsamen, metallisch schimmernden Uniformen, aus denen am Rücken ein Stachelkamm herausragt. Sie stützen sich auf einen Spitz und dünn auslaufenden Schwanz, der einen...borkigen Eindruck auf mich macht. Wären die gedrungenen Säulenbeine nicht, könnte man glauben, es würden Seepferdchen in Uniform durch...ja, wodurch stapfen...?"

Sheila verstummte für einen kurzen Moment, riss dann aber erschrocken ihre Augen auf und klammerte sich an Taylors Schulter fest.
„Das Dorf, Taylor!", rief sie mit sich überschlagender Stimme. „Sie sind oben im Dorf. In Seloro!"
„Ich weiß zwar nicht, was Trompeten oder Seepferdchen sind...", sagte Pikopiko mit grimmigem Blick, „...aber Sheilas Schilderung hört sich sehr nach Zon- Gardisten der Quintarischen Garde an!"
„Das stimmt leider, meine Freunde!", meldete sich Tantraal wieder zu Wort. „Unsere Artgenossen haben uns im Geiste von der soeben begonnenen Durchsuchungsaktion der Garde unterrichtet."
Er beugte sich vor und blinzelte Sheila aus seinen dunkelbraunen Augen an.
„Mir scheint, meine kleine, dass du die Geistesnachricht meiner Leute ebenso empfangen hast. Nicht schlecht für eine Außeroswahaalische!"
Dann wandte er sich wieder an alle Mitglieder der Gruppe.
„Es droht uns zwar hier unten keine Gefahr, aber wir sollten dennoch keine Zeit verlieren. Auf Oswahaal seid ihr nicht sicher, als müsst ihr den Planeten verlassen. Das wiederum geht nur über den Raumhafen Nkott-Nkott auf Brasur. Um dorthin zu gelangen werden wir Euch zunächst in die Hafenstadt Braah bringen, südwestlich von hier, am Ufer des nördlichen Ringmeeres. Wenn wir erst mal dort sind, überlegen wir gemeinsam, wie wir Euch von hier wegbekommen. Folgt mir!"
Er winkte ihnen auffordernd zu und stapfte dann in Richtung Stirnseite der riesigen Kaverne davon. Taylor erhob sich und half Sheila beim aufstehen, die sich wieder ein wenig von den unheimlichen Eindrücken in ihrem Geist erholt hatte. Rasch folgten sie dem orrwischen Freund. Levoor und Paloor bildete das Ende der Gruppe. Die Flucht ging also weiter, wenngleich sie sich nun unter die Oberfläche des Planeten verlagert hatte.

Die Stimmung an Bord des Gardegleiters war äußerst angespannt. Mit jeder verstreichenden Zeiteinheit stieg die Nervosität unter den Zon- Gardisten exponentiell an. Seit vielen Stunden schon durchsuchte die Kette der 48 Fluggeräte den nördlichen Kontinent auf Oswahaal, Aliron, nach drei Tallwen- ähnlichen Individuen ab, die sich in Begleitung eines Hlax befinden sollten. Eine Verkettung von unglücklichen Zufällen und Inkompetenz, sowie der Falscheinschätzung der Bedeutung diverser Gegebenheiten hatte dazu geführt, dass diese drei Fremden dem Zugriff der Quintarischen Garde entschlüpfen konnten. Dabei war es doch von enorm großer Wichtigkeit für das Quintarium von Rhog-Than, gerade diese Wesen in die Hand zu bekommen. Waren sie doch auf einem ganz besonderen Weg nach Oswahaal gelangt, nämlich einem Jahrtausende lang inaktiven Sternenportal der früheren Herrschern dieses Sternenreiches, den gütigen Herren von Malsamom. Alten Sagen berichteten davon, dass einst über ein solches Portal Reisende ins Quintarium gelangen würden, die dazu beitragen würden, die Herrschaft der Quintaten zu beenden. Kein Wunder also, dass die Mächtigen dieser Zeit die drei Fremde zu gern in ihrer Gewalt gehabt hätten. Doch sie waren entkommen, in letzter Minute dem Zugriff entschlüpft, geradezu wie vom Boden verschlungen. Selbst der massive Einsatz an Material und Gardisten konnte bisher eine brauchbare Spur der Verschwundenen an den Tag bringen.
Zon-SarkaN Amirphan brannte die Zeit unter den dunkelgrünen, spitz zulaufenden Nägeln aller 32 Finger seiner vier Hände. Seine Chamäleonartigen Augen vollführten einen unruhigen Tanz, während er die Anzeigen der diversen Displays vor ihm betrachtete. Einer der Monitore bildete den Nordkontinent Aliron ab. Östlich des großen Tafelgebirges war ein Gebiet farblich gekennzeichnet worden. Dabei handelte es sich um den Bereich des Kontinents, der nach diversen Berechnungen und Extrapolationen als maximaler Fluchtbereich für die drei Fremden und dem Hlax in Frage kommen konnte. Nach

Amirphans Überzeugung und unter Berücksichtigung aller bekannter Daten war es ohne technische Hilfsmittel wie einem Schnellser oder Gleiter unmöglich, in der seit der Flucht verstrichenen Zeit weiter ins Innere des von einer undurchdringlich erscheinenden Braungrassteppe bedeckten Kontinents vorzudringen. Doch den anfänglich wohl zur Flucht benutzte Gleiter entdeckte man zerstört unterhalb der schroffen Klippen am nördlichen Rand von Aliron. Außerdem hätte man die Energiesignatur eines solchen Gefährtes orten können. Nun war die definierte Grenze des Suchgebietes erreicht, in manchen Teilen sogar überschritten, doch nirgendwo konnten die Gardisten eine Spur der Fliehenden entdecken. Sogar einige in dem Gebiet gelegene Orrwendörfer hatten die Krieger durchsucht. Die riesigen, von zotteligem Fell bedeckten Eingeborenen Oswahaals hatten die Zon-Gardisten bei ihrer Aktion nur dumpf angestarrt und auf diverse Befragungen mit tumbem Unverständnis reagiert. Was konnte man von diesen verblödeten Bauern einer rückständigen Randwelt des Quintarums auch anderes erwarten. Jedenfalls brachte auch diese Aktion keinen Erfolg. Amirphan versuchte jeden Gedanken daran zu vermeiden, wie wohl der Quin-Regulator Uisuu auf die Meldung dieses Misserfolges reagieren würde. Der chronisch schlecht gelaunte Blyss war für seine harten und grausamen Handlungen bekannt und gefürchtet. Und schon die Tatsache, dass es den Fremden überhaupt gelungen war, sich dem Zugriff der Garde zu entziehen, hatte schon den einen oder anderen Kopf gekostet.

„Letztendlich kann ich nichts dafür", versuchte sich Amirphan selbst Zuversicht zu verleihen. „Es ist nicht meine Schuld, dass die Fremden fliehen konnten. Wenn jemand Schuld ist, dann dieser Nisgelde von einem Hlax!"
Dann stellte er ein Dossier zusammen, um es seinem Kohortenführer, dem kommandierenden Zon-Sar'Nok Trephan zuzuleiten. Obwohl Amirphan selbst vom Quin-Regulator Uisuu den Auftrag zur Durchführung und Koordinierung der Suche nach den Flüchtigen erhalten

hatte, gedachte er, bei der zu erstattenden Meldung an den Gardehort und das Regulatorium dieses Mal den Kommandoweg peinlichst genau einzuhalten. Sollte Trephan doch Uisuus Zorn abbekommen. Und vielleicht würde auch ein Gebet an Khal-Phen, den Beherrschers der Erde und des Schicksals helfen, dass er ohne abgetrennten Schwanz aus dem Schlamassel wieder heraus kam. Und mit diesem Gebet auf den schmalen Sprachmembranen seiner Trompetenartigen Schnauze schickte er das Dossier an den Zon-Sar'Nok ab.

Taylor M. Harris III., Mike Iron und Sheila Armstrong kamen sich wie Zwerge vor, angesichts der gigantischen, subplanetare Hallen, die sie zusammen mit ihrem Freund, dem Hlax Pikopiko, sowie ihren orrwischen Begleitern Tantraal, Paloor und Levoor durchschritten. Der Scheitelpunkt dieser von den einheimischen Orrwen in mühevoller und geheimer Arbeit aus dem Felsgestein gehauenen, Dom artigen Felsenhalle lag gut und gerne zwanzig Meter über den Köpfen der Menschen. Bei einer Breite von etwas fünfzig und einer Länge von mindestens hundert Metern, ergab das ein Raumvolumen von 100.000 m^3. Kein Wunder also, dass sich die Menschen wie zerbrechliche kleine Insekten fühlen mussten. Eine Ehrfurcht gebietende Leistung, die Tantraals Volk dort über tausende von Jahren hinweg vollbracht hatte. Vor allem angesichts der Tatsache, dass diese Halle, die sich in einer Tiefe von etwas mehr als einem Kilometer unter dem Orrwendorf Seloro befand, nur ein Teil einer viel größeren, ja den ganzen Kontinent umspannende Anlage sein sollte. So jedenfalls hatte es Tantraal den Menschen berichtet. Nun verstanden sie auch, warum sie von den drei Orrwen in die Tiefen des Planeten Oswahaal gebracht wurden. Nicht nur, um sie in den tief gelegenen Kavernen vor der Ortung durch die hoch entwickelte Technik der Quintarischen Garde zu verbergen. Das hätte auch wenig Sinn gemacht, denn früher oder später wäre man gezwungen gewesen, wieder genau hier an die Oberfläche

zurückzukehren. Nein, Tantraal hatte ihnen erklärt, dass es in den Katakomben von Aliron eine subplanetare Transportmöglichkeit gab, die viele Orte des Kontinent miteinander verband. Ein geheimes Streckennetz, direkt vor den Augen des Quintariums und doch völlig im Verborgenen. Eine geradezu gigantische Meisterleistung, die wohl kaum einer aus den anderen Völkern des Weltraumreiches den allgemein als träge und wenig intelligent geltenden Orrwen zutraute. Auch das eine Taktik von vielen, denn wie sich heraus stellte, waren die Eingeborenen des Planeten Oswahaal höchst aktiv im Widerstand gegen die Herrschenden des Quintariums von Rhog-Than betätigten. Auch dem Hlax Pikopiko, einem Hünen mit tief- violetter Haut, grünen Zähnen und orangefarbenen, fingerdicken Haaren, Freund und Begleiter der drei Menschen, war dieser Umstand nicht bekannt gewesen. Und das, obwohl er sich schon seit einer Reihe von Jahren als Freund Tantraals bezeichnen konnte. Aber, wie dieser treffend bemerkte, war es manchmal besser nichts oder nicht alles zu wissen. Vor allem wenn man in die Hände der Quintarischen Garde fallen sollte, vor der der ehemalige New Yorker Milliardär und seine beiden langjährigen Freunde und Begleiter seit ihrer unfreiwilligen Ankunft auf dem Planeten auf der Flucht waren. Eine Flucht, die sie nun in die Unterwelt Oswahaals geführt hatte.
Tantraal, der 2,20m große und fast vollständig von dunkelbraunen Zottelfell bedeckte Orrwe lief an der Spitze der siebenköpfigen Gruppe. Hinter ihm folgten Pikopiko, Taylor, Sheila und Mike. Den Abschluss bildeten der alte Paloor und der junge Levoor. Der orrwische Anführer strebte einem breiten Portal zu, welches an einem der beiden Kopfenden des riesigen Doms in den blanken Fels eingelassen worden war. Im Dämmerlicht der vielen kugelartigen Leuchtpflanzen konnte Taylor erkennen, das dort ein großes, hölzernes Tor den weiteren Weg versperrte. Es war so groß, dass, wäre es vollständig geöffnet gewesen, mindestens fünf erwachsene Orrwen

ohne Probleme gleichzeitig nebeneinander hätten hindurch treten können. Der New Yorker Milliardär bezweifelte, dass er, egal ob allein oder mit Mike zusammen, in der Lage gewesen wäre, dieses massige Holzportal auch nur einen Millimeter zu bewegen. Es musste einige hundert Kilogramm wiegen.
Ihr Führer, Tantraal, kramte in seiner Umhängetasche, die aus grob gewebtem Stoff bestand eine eine frappante Ähnlichkeit mit den Tragebehältnissen, wie sie in den 70er Jahren des letzten Jahrhunderts auf der Erde für eine Zeit lang groß in Mode gewesen waren. Der Orrwe entnahm seiner Tasche ein Gebilde, welches er kurz in die Höhe hielt. Für Sheila Armstrong sah es aus, wie ein metallener Notenschlüssel. Und ein Schlüssel war es wohl auch, denn ihr einheimischer Freund schob dieses Teil in eine im Dämmerlicht des Gewölbes kaum sichtbare Öffnung im Portal vor ihm. Als er den Schlüssel herumdrehte, war deutlich ein feines, mehrfaches Klacken zu vernehmen. Gleich darauf tippte der Orrwe die recht Hälfte der hölzernen Pforte vor ihm kurz an. Zur Überraschung Taylors und seiner Gefährten schwang dieses massive Teil dann scheinbar völlig schwerelos und ohne einen Laut von sich zu geben auf. Das verriet hochwertige Türlager und eine perfekte Schmierung und Wartung derselben.
„Tretet ein, meine Freunde", forderte Tantraal seine menschlichen Begleiter und den Hlax mit seiner hohen Kinderstimme freundlich auf.
Neugierig durchschritten diese dann auch sofort die geöffnete Pforte und schauten sich um. Sie hatten einen waagerecht verlaufenden, röhrenförmigen Schacht betreten. Taylor schätzte den Durchmesser dieser Röhre auf gut fünf Meter. Wie bei einer irdischen U-Bahn gähnte an den Kopfenden dieses etwa dreißig Meter langen Röhrenstücks dunkle, kreisrunde Öffnungen. Der schlanke, blonde Milliardär und Abenteurer trat bis an den Rand der Rampen ähnliche Plattform, auf der sich sich befanden, und schaute hinunter, auf den Grund der Röhre. Er fand seine Vermutung bestätigt, als er die dort verlaufenden

Gleise sah, die aus einem hellen Material bestanden, welches auf ihn wie mattes Porzellan wirkte. Sie standen vor dem von Tantraal erwähnten, subplanetaren und geheimen Transportsystem der Orrwen auf Aliron.
Taylor sah, dass sich Levoor und Paloor von der Gruppe entfernten. Sie schritten auf eine Tür an einem Ende der Rampe zu und verschwanden dann darin. Er vermutete ganz stark, dass die beiden das Transportmittel beschafften, welches auf diesen Schienen verkehrte, und mit dem sie in die Hafenstadt Braah gebracht werden sollte.
„Das ist also euer geheimnisvolles Verbindungssystem?", richtete er dann die Frage an Tantraal.
„So ist es, Taylor", bestätigte der große Orrwe mit heller Stimme.
Es war immer wieder erstaunlich, diese Töne, die man eher einem sieben oder achtjährigen Kind zugeordnet hätte, aus dem riesigen Körper eines eher an einen Zottelbär erinnernden Orrwen zu hören. Eine enorme Diskrepanz, und Taylor musste sich ein weiteres mal in Erinnerung rufen, dass dies nur eine Art 'Zweitstimme' war. Dieser bedienten sich die Orrwen für die Kommunikation mit nicht aus ihrem Volk stammenden Wesen. Untereinander sprachen sie nämlich nicht nur kein Quotram, der Verkehrssprache des Quintariums, sonder ihr eigenes Idiom, Hoor. Nein, ihre Sprache spielte sich zudem auch noch im Infraschallbereich ab, welcher für die meisten Individuen nicht hörbar war. Taylor riss sich aus diesen Überlegungen wieder heraus und richtete seine Aufmerksamkeit wieder auf Tantraal, und schaute ihm in die riesigen, dunkelbraunen, von einem hellen 'Teller' aus feine Flaumhaaren umgebenen Augen.
„Aus welchem Material sind denn diese Schienen gefertigt?"
Er deutete auf die beiden matt weiß schimmernden Stränge am Grund der Röhre. „Das ist kein Metall, wie ich vermute?"
„Richtig vermutet, mein kleiner Freund", gab der Orrwe

bereitwillig Antwort. „Wir haben die Schienen aus einem speziellen Keramikmaterial hergestellt. Ultrahart, und mit einer speziell beschichteten Oberfläche, die den Reibungswiderstand auf ein absolutes Minimum reduziert."
„Aber wo habt ihr denn die Fabriken dafür?", wunderte sich Pikopiko.
Der violette Hüne aus dem über das ganze Quintarium verstreute Volk der Hlax war immer noch total überwältigt von dem, was er in den vergangenen Stunden über seinen Freund Tantraal und dessen Volk, welches er gut zu kennen glaubte, erfahren hatte.
„Wenn ihr diese Materialien in euren Dörfern fertigt, geht ihr doch das Risiko ein, dass das von der Quintarischen Garde irgendwann entdeckt wird!"
„Oh, mach dir keine Sorgen, Pikopiko. Wir haben hier unten nicht nur die Notfall- Rückzugskavernen für unser Volk geschaffen, sondern auch diverse Produktionsanlagen, die in Gebieten mit besonders Erz reichem Gestein platziert wurden. Ihr wisst schon...noch besserer Ortungsschutz."
„Und wie wird dieses...dieses unterirdische Verkehrssystem betrieben", wollte Mike Iron wissen. „Ich meine, ich sehe keine Strom leitenden Schienen, oder so etwas in der Art. Welche Energie benutzt ihr denn für den Antrieb für was immer auch es ist, mit dem wir uns hier unten fortbewegen sollen?"
„Oh, da verwenden wir eine absolut Ortungssichere und ökologisch Problemfreie Energieform, die durch in der Anzahl variable, biologische Kleinkraftwerke generiert wird", antwortete Tantraal in höchst ernstem Tonfall, doch in den großen braunen Augen glänzte es dabei schalkhaft.
„Hä?", machte Mike mit verdutztem Gesicht.
„Kann mir einer von Euch sagen, was Tantraal da gerade von ich gegeben hat? Ich verstehe nämlich nur Bahnhof!", beschwerte er sich dann bei seinen Freunden.
Sheila und Taylor schauten sich kurz an, dann prusteten beide los und schüttelten sich fast aus vor Lachen. Und auch Pikopiko stand daneben und zeigte grinsend seine dunkelgrün glänzenden Zähne.

„Es wäre schön, wenn ich mitlachen könnte!", maulte Mike leicht eingeschnappt und zauste sich dabei den schwarzen Vollbart.
„Oh man, Mike", meinte Taylor lachend und klopfte dem Freund und einstigen Lebensgefährten kameradschaftlich auf dessen breite Schultern. „Du bist wirklich einmalig. Wenn es dich nicht gäbe, müsste man dich erfinden! Und das meine ich im absolut positiven Sinne."
„Danke für die Lorbeeren, aber ich wüsste wirklich gerne, warum ihr euch gerade kringelt vor lachen, wo ich doch bloß gefragt hatte, von was der große Zottelbär gesprochen hat", sagte Mike, immer noch ein wenig gereizt.
„Von Muskelkraft hat er gesprochen, mein Lieber", antwortete Sheila, wobei sie sich ein paar Lachtränen aus den Augenwinkeln wischte.
„Gerade du, der so viel Wert auf seinen Body- gebildeten Körper legt, kommt nicht aufs Nahe liegende, mein unschlagbares, liebes und knuddeliges biologisches Kleinkraftwerk!"
Sie kam auf den massig gebauten, ehemaligen Bodyguard zu und umarmte ihn herzlich.
„Entschuldigt, aber ich hab' schließlich nicht studiert, wie ihr beiden", brummte der gutmütige Amerikaner in seinen schwarzen, dichten Bart hinein. Allerdings musste auch er dabei schon wieder grinsen.
„Variable Anzahl biologischer Kleinkraftwerke...darauf muss man erst mal kommen. Das muss ich mir merken!"
Er hob seinen Kopf und schaute nach oben, zu Tantraal hin, dessen Gesicht sich immerhin noch gute zwanzig Zentimeter über seinem eignen Kopf befand.
„Ich weiß nicht, wie viele Lichtjahre Oswahaal von unserer guten alten Erde entfernt ist, aber eines ist sicher – nämlich, dass ihr Orrwen einen genauso reinlegen könnt, wie bei uns zu Hause."
„Tut mir Leid, wenn ich dich verstimmt haben sollte, aber es hat mich einfach in der Nase gejuckt. Wir Orrwen haben so selten Gelegenheit dazu, so etwas mit Fremdweltlern zu tun, denn in den Augen der meisten Anderen sind wir ja

offiziell nur dumme Bauern."
„Entschuldigung angenommen", sagte Mike gutmütig.
„War ja nur ein leichter Scherz, und ich bin ja selbst Schuld, nicht gleich drauf gekommen zu sein, was du meintest."
Bevor die Gruppe jedoch noch weiter ein eine Diskussion über interplanetare Scherz- Handlungen einsteigen konnte, wurde ihre Aufmerksamkeit von etwas anderes in Anspruch genommen. Denn aus dem Dunkel der in den Fels gehauenen Röhre schon sich nun fast geräuschlos ein großes Gefährt an die Rampe heraus und hielt vor ihnen an der Rampe an. Es erinnerte von der Form her an den Schnellser, mit dem Pikopiko und die drei New Yorker Freunde den ersten Teil ihrer Flucht vor der Quintarischen Garde bestritten hatten. Auf die Menschen wirkte das Gefährt wie eine Art Ruderboot, dessen Seitenwand nur etwa zwanzig Zentimeter über den Boden der Rampe empor ragte. Dieses 'Schienenboot' besaß eine Länge von Schätzungsweise fünf Metern, und füllte in der Breite das Tunnelrund bis auf wenige Zentimeter rechts und links fast vollständig aus. Jeweils vorne und hinten befand sich ein, in der Mitte des bauchigen Gefährtes zwei Schalensitze, die eindeutig von der Dimension her für Orrwen entworfen worden waren. Vor den Sitzen ragten Pedalanlagen aus dem Boden, durch deren Anblick man sich an irdische Heimtrainer oder Tretboote erinnert fühlte. Neben dem vorderen Sitz konnte man zusätzlich noch eine Hebelstange erkennen. Deren Aussehen legte die Vermutung nahe, dass es sich hierbei um eine Art Bremse handelte. Was logisch war, denn wenn man etwas in Bewegung brachte, sollte man auch in der Lage sein, diese Bewegung wieder zum Stillstand zu bringen.
„Bitte einsteigen!", piepste die dünne Stimme Paloors auf, der auf dem vorderen Schalensitz Platz genommen hatte.
„Wir wollen doch sehen, dass wir so schnell wie möglich von den Gardegleitern wegkommen, die zweifellos immer noch über uns stehen.
Jedenfalls sind die Zon- Gardisten weiterhin damit

beschäftigt, Seloro und andere Orrwendörfer waagerecht zu legen!"
Deutlich war Zorn aus der Kinderstimme es älteren Orrwen heraus zu hören, als er von den Aktivitäten der Gardisten sprach.
„Wie weit ist es denn bis zu dieser Hafenstadt Braah?", erkundigte sich Sheila, während sie zusammen mit Mike und Taylor in das Schienengefährt stiegen.
„Ich hoffe, die Linguatoren interpretieren die im Quintarium gebräuchlichen Entfernungsdaten richtig in die euren um", antwortete Levoor, der jüngste der drei Orrwen. Dann sagte er etwas, was nicht sofort von den Münzgroßen, auf die Haut seitlich am Hals der drei Menschen aufgeklebten Mikro- Übersetzungscomputer ins Englische transferiert wurde. Erst mit einigen Sekunden Verzögerung vernahmen sie die Übersetzten Worte. „Etwa 3200 Kilometer"
„Uh, so weit?", stöhnte Mike und griff sich an den Kopf.
Und Taylor fragte: „Du meine Güte, wie lange werden wir denn dann mit dem Ding da unterwegs sein?"
Tantraal wiegte bedächtig seinen Kopf.
„Nun, wir werden ohne Pause fahren. Und bei einer durchschnittlichen Reisegeschwindigkeit von 30 Kilometern in einer Stunde..", wieder kamen die Maßeinheiten verzögert an, „...benötigen wir etwas mehr als drei Oswahaal- Tage, um die Hafenstadt zu erreichen."
„Aber ihr könnte doch unmöglich zu dritt drei Tage lang ohne Unterbrechung durch strampeln!", entfuhr es Taylor erschrocken.
„Oh, das wird auch nicht nötig sein", entgegnete Tantraal.
„Wie ich schon erwähnte, sind Schienen und Räder aus keramischen Material hergestellt, deren Spezialbeschichtung den Reibungswiderstand auf ein absolutes Minimum reduziert. Von daher ist der Lauf Geräuscharm und sehr leicht. Außerdem besitzt jeder Wagen spezielle Batterien, die sich während der Fahrt laden und beim erreichen des Höchstladestandes automatisch über direkt an den Rädern angebrachte Linearmotoren für einige Stunden den Antrieb besorgen."

„Aber das ist doch dann Elektrizität", wandte Taylor ein.
„Kann die denn nicht geortet werden?"
„Berechtigte Frage. Aber die Streustrahlung Bewegungsinduziert erzeugter Energie ist äußerst gering und versickert schon nach nur wenigen Metern im im Gestein. Das Gleiche gilt dann wieder für die Rückumwandlung aus den Passivspeichern in Bewegungsenergie. Das ist von der Oberfläche aus absolut nicht zu orten. Allein schon deswegen, weil die Radmotoren nur auf Leichtlast laufen, denn während der gesamten Fahrt geht es praktisch immer nur Bergab."
„Immer nur bergab?", meldete sich Mike zweifelnd zu Wort.
„Aber das ist doch nicht möglich!", meinte auch Pikopiko und kratzte sich dabei nachdenklich zwischen den Beulen seines Kopfes, aus denen die dicken, orangefarbenen Haare hervor sprossen. „Wenn ihr in die eine Richtung immer nur bergab fahrt, muss es zurück doch wieder bergauf gehen. So bekommt man es zumindest als kleines Kind in den quintarischen Schulen beigebracht."
„Lass euch überraschen", entgegnete Tantraal nur und zwinkerte dabei mit seinen großen, braunen Augen. „Ihr werdet es ja bald mit eigenen Augen zu sehen bekommen, was sich mein Volk da so ausgedacht hat."
Unverhohlener Stolz schwang bei diesen Worten mit. Und wirklich, dieses geheime Transportsystem unter den wachsamen Augen des Quintariums zu bauen, war an sich schon eine Meisterleistung.
Zwischenzeitlich hatten sich alle an Bord des wie ein sehr großes Ruderboot aussehenden Wagens begeben. Während Levoor und Tantraal auf den beiden mittleren Schalensitzen Platz nahmen, richteten sich die drei Menschen und der Hlax im hinteren Teil aus mehreren Decken, die sich in Seitenfächern des Gefährts verstaut fanden, eine einigermaßen bequeme Sitzgelegenheit her. Dabei hatten sie auch feststellen können, dass es ausreichend Proviant und Wasser an Bord gab, auch alles verstaut in diversen Seitenkästen. Tantraal drehte seinen

Kopf nach den Freunden um. Eine Bewegung, die auf diese immer noch ein wenig befremdlich wirkte, den der Orrwe war in der Lage, seinen Kopf wie ein Uhu bis fast auf den Rücken herumzudrehen.
„Habt ihr es bequem?", erkundigte er sich fürsorglich.
„Ja, Tantraal", antwortete Pikopiko für die Gruppe. „Mit den Decken, die in den Seitenkästen waren, haben wir uns ganz gut eingerichtet."
„Gut. Ihr werden die Decken auch brauchen, denn im Gegensatz zu uns seit ihr nicht durch ein wärmendes Fell geschützt. In den Tunneln kann es ganz schön kühl werden. Wenn bei euch also alles so weit in Ordnung ist, schlage ich vor, ohne weitere Verzögerung aufzubrechen!"
Er zwinkerten den drei Menschen und dem Hlax noch einmal aufmunternd zu, dann gab er seinen beiden Artgenossen ein Zeichen. Die drei Orrwen begannen daraufhin kräftig in die Pedale zu treten. Und wirklich, das massig wirkende Schienengefährt setzte sich fast lautlos und mit einer kaum zu glaubenden Leichtigkeit in Bewegung. Gleich darauf wurde es auch schon von der gähnenden Schwärze der dunklen Transportröhre verschluckt, und die Katakomben unter dem Dorf Seloro versanken wieder in geisterhafte Stille. Zunächst ging es nur in verhaltener Geschwindigkeit voran. Ein rennender Mensch hätte keine Mühe gehabt, den Wagen zu überholen. Bevor sich jedoch Taylor und seine Freunde darüber hätten wundern können, erklärte sich der Vorgang auch schon von selbst. Sie erreichten nach nur kurzer Fahrt eine Stelle, an der zum einen Lichtpflanzen gelblich-schummrige Helligkeit spendeten, und zum anderen der Tunnel sehr viel breiter wurde. Genauer gesagt gabelte sich das Bauwerk in zwei verschiedene Röhren. Levoor griff nach links über den Wagenrand hinaus und legte dabei eine hölzerne Stange um. Es rumpelte hörbar vor ihnen auf dem Gleiskörper, und schon schwenkte das Fahrzeug ein wenig zur Seite und steuerte die linke der beiden Tunnelröhren an.
„Sag bloß, es gibt jeweils eine Röhre für den Hin-, und eine

für den Rückweg?", rief Sheila überrascht aus.
„Aber natürlich!", antwortete ihr der graubraun gefärbte Paloor von seinem vorderen Sitz aus, so, als könne er die Frage nicht verstehen. „Nur so können wir die volle Geschwindigkeit aus den Trollgen herausholen, ohne befürchten zu müssen, mit einem entgegen kommenden zusammenzustoßen."
„Ja, logisch", gab Sheila in einem Ton zu, der deutlich machte, wie nahezu unfassbar diese bauliche Leistung für sie war.
Kopfschüttelnd sah sie ihre Gefährten an, die sie jedoch nur Schulter zuckend angrinsten.
Immer noch nahm der Trollgen, wie Paloor den Schienenwagen genannt hatte, keine schnellere Fahrt auf. Statt dessen fuhr er in eine Art hölzerne Garage hinein und stoppte. Der ältere Orrwe vertäute das Gefährt mit jeweils einem Seil an zwei eisernen Ringen, die sich rechts und links in dieser Holzkonstruktion befanden. Als er diese Arbeit beendet hatte, erhoben sich Levoor und Tantraal. Sie griffen jeweils auf ihrer Seite nach einem senkrecht von der Decke bis zum Boden reichenden Seil und begannen, kräftig daran zu ziehen. Daraufhin setzte sich die hölzerne 'Garage' quietschend und rumpelnd nach oben in Bewegung.
„Ein Aufzug!", entfuhr es Mike überrascht.
Und tatsächlich war es einer, der den Trollgen nun rasch immer höher anhob. Der Wagen ruckelte dabei beängstigend auf seinen Schienen vor und zurück, wurde aber von der durch Paloor vorgenommenen Vertäuung sicher auf seiner Position festgehalten.
Es ging ein beträchtliches Stück in die Höhe. Im schummrigen Dämmerlicht des nur durch wenige Leuchtpflanzen erhellten Fahrstuhlschachtes ließ sich die zurückgelegte Differenz nur schwer bestimmen. Taylor schätze sie jedoch auf mindestens hundert Meter, als die Holzkonstruktion mit einem ächzenden Geräusch wieder zum stehen kam. An der Spitze des Trollgen löste Paloor die Vertäuung wieder und öffnete zusätzlich einen Haken in

der Mitte der Bretterwand vor ihm. Auf sein Zeichen hin setzten die Orrwen mit wenigen Pedalbewegungen den Wagen wieder in Bewegung. Langsam rollte er an, und die Boot artige Konstruktion drückte dabei die beiden Hälften des Holztores auseinander. Es ruckelte merklich, als die Räder des Trollgen von der Hebeplattform auf die Anschlussschienen des neuerlichen Tunnels vor ihnen wechselten, der sich eben vor dem Gefährt aufgetan hatte. Hinter ihnen schloss sich die aus groben Brettern gefertigte, und von Federn angetriebene Holztür wieder, so dass die Plattform für den nächsten Benutzer Einsatz bereit zur Verfügung stand. Jetzt erst legten sich Tantraal, Levoor und Paloor so richtig ins Zeug. Der Trollgen nahm nun rasch Fahrt auf und sauste leise sirrend durch den dunklen Tunnelschacht davon.
„Jetzt kapiere ich auch, was gemeint war, als es hieß, wir würden die ganze Strecke eigentlich nur bergab fahren!", rief Taylor aus. „Geniale Konstruktion, was sich die Orrwen hier ausgedacht haben."
„Ich verstehe aber nur Bahnhof", witzelte Mike. „Kann man einem dummen Bodybuilder mal verklickern, was Sache ist?"
„Aber das liegt doch auf der Hand!", meldete sich Pikopiko zu Wort.
„Wir wurden samt Wagen mit der Plattform eben ein gutes Stück in die Höhe gehoben. Von nun an geht es mit einer kaum merkliche Abwärtsneigung immer bergab, und das über viele Kilometer hinweg."
„Genau, mein Freund", bestätigte Taylor das eben gesagte. „So wird der Kraftaufwand beim Pedal getriebenen Vortrieb minimiert und optimiert. Und wenn der Höhenunterschied irgendwann aufgezehrt ist, dann…"
„Dann kommt der nächste Aufzug, es geht wieder hoch und das Spiel fängt von neuem an", vervollständige Mike die Ausführungen seines langjährigen Freundes. „Ihr seht, ich habe es kapiert. Und ich muss sagen: Hut ab! Reife Leistung. Nur eines missfällt mir ein wenig."
„Und das wäre?", erkundigte sich Sheila bei ihrem

schwarzhaarigen Freund.
„Das es hier unten so wenig Licht gibt. Man kommt sich vor, wie in einem Grab!"
„Da hast du leider recht", stimmte sie ihm zu. „Und kühl ist es zudem. Aber ich gedenke, die Zeit, die wir hier in den finsteren Röhren verbringen müssen, sinnvoll zu nutzen."
„Was könnte man hier unten schon sinnvolles tun?", meinte Mike zweifelnd, und hätte man es sehen können, so zog er bestimmt eine recht missmutige Miene zu dem Gesagten.
„Schlafen, Mike!", erklärte Sheila.
„Mit steckt die höhere Anziehungskraft Oswahaals gehörig in den Knochen. So einen Muskelkater hatte ich in meinem Leben noch nie. Und es ist schon wieder ganz schön lang her, seit wir vernünftig schlafen konnten. Außerdem, wer weiß schon, wann wir bei dieser vermaledeiten Flüchterei wieder die Gelegenheit dazu bekommen, uns anständig auszuruhen? Also, ich für meinen Teil sage Gute Nacht!"
Die Freunde hörten es rascheln, als sich Sheila in der Dunkelheit in die Decken einwickelte, welche sie an Bord des Trollgen vorgefunden hatten.
Und auch ihnen erschien die Ansicht der rothaarigen New Yorkerin als recht vernünftig. Also machten auch sie sich es im bauchigen Inneren des Schienenwagens so gut es ging bequem. Es dauerte auch gar nicht lang, bis gleichmäßige Atemzüge davon kundeten, dass alle vier eingeschlafen waren. Wer wusste schon, was sie in Braah, der Hafenstadt am südlichen Ufer des Kontinents Aliron erwarten würde. Nun, sie würden es bald genug erfahren. Doch bis dahin rauschte der Trollgen durch dunkle Schächte in der Unterwelt Oswahaals auf das noch ferne Ziel zu.

Taylor M. Harris III, schwer reicher Firmenboss aus New

York, lehnte sich gemütlich im bequemen Sitz seines First-Class- Zugabteils zurück und starrte zufrieden aus dem Fenster in die rasch vorbei ziehende Landschaft hinaus. Endlich mal Zeit, endlich mal kein Stress, endlich mal die Seele baumeln lassen. Der schlanke, durchtrainiert wirkende, blonde Mann genoss das sanfte, kaum spürbare Schaukeln des Zuges. Solche Momente der Ruhe und Muse konnte er viel zu selten für sich in Anspruch nehmen. Er leitete ein Firmenimperium, und entsprechend angefüllt gestaltete sich sein Terminkalender. Der Blick seiner blauen, je nach Lichteinfall zuweilen auch grau wirkenden Augen huschte durch die liebliche Landschaft draußen vor dem Zug. Die orange-rot leuchtende Sonne stand im Zenit und übergroß das weite Land, von einem wogenden Meer an großen Schachtelhalmen bewachsen, mit dem hellen Licht des Mittags. Er sah eine friedlich fressende Herde großer Hummer vorbeiziehen. Einen Moment lang legte Harris irritierte seine Stirn in Falten. Irgendwas stimmte nicht an dem Bild, ohne das er konkret sagen konnte was es war. Erneut richtete er seinen Blick auf die orange Sonne am Himmel. Das Licht in seinem Abteil spiegelte sich so in der Glasscheibe, dass es fast wirkte, als würde neben der Sonne am Himmel draußen eine zweite, weiß strahlende kreisen. Irgendwie ein fremdartiger Anblick. Doch bevor er dazu kam, sich weiter Gedanken über diesen Umstand zu machen, lenkte das Geräusch der sich öffnenden Kabinentür seine Aufmerksamkeit auf sich. Er drehte sich um, und ein Riesenschreck fuhr ihm eiskalt durch die Glieder. Eine unheimlich anmutende Gestalt füllte den Rahmen der Abteil- Tür fast vollständig aus. Es war kein Mensch. Das Aussehen dieser merkwürdigen Gestalt erinnerte den New Yorker im ersten Moment an ein zwei Meter großes, aufrecht gehendes Seepferdchen. Im Gegensatz zu diesen bewegte diese Erscheinung sich allerdings auf zwei kurzen, kräftigen, Krallen bewerten Säulenbeinen fort. Im oberen Rumpfbereich entsprangen vier kräftige Arme, die in schlanken, achtfingrigen Händen auslaufen. Zwei von diesen Arme hielt eine gefährlich

aussehende Waffe in den Händen.
Als sich die Gestalt kurz zur Seite drehte, konnte Taylor erkennen, das sich am Rückgrat ein Stachelkamm bis zur eingerollten Schwanzspitze hinab zog, dessen Stachel artige Spitzen durch spezielle Öffnungen in der Ledrig wirkenden Montur, mit der der Ankömmling bekleidet war, ins Freie ragten. Die sichtbare Haut wirkte grob, ja fast korkig, und war von hellem Grün. Im Gesichtsbereich dominierten zwei Chamäleonartigen Augen. Auf dem Trompeten-artig auslaufenden Rüssel befanden sich sechs kreisrunde Atemöffnungen. Aus der schmalen Schnauze des Trompetenrüssel züngelte unablässig eine lange, grüne Zunge hervor.
„Reisepass und Visum bitte", ertönte jetzt eine hohe, fistelnd und etwas zischelnd klingende Stimme. Sie schien kleinen Membranen an der Rüsselunterseite erzeugt zu werden.
„Wie bitte? Was?", fragte Taylor verwirrt zurück.
„Reisepass und Visum bitte", erklang die Aufforderung erneut, nur das sie dieses Mal etwas ungeduldig wirkte.
Hastig begann Taylor in seinen Taschen zu kramen. Doch er konnte das gewünschte nirgendwo entdecken.
„Wird's bald?"
Nun hörte sich der seltsame Kontrolleur wirklich verärgert an.
„Ich kann meinen Pass nicht finden", jammerte Taylor.
„Hatte ich denn keinen Koffer dabei?"
„So so, sind wir also ohne Papiere nach Oswahaal verreist? Das wird dem Quintarium aber gar nicht gefallen", sagte das Riesenseepferd.
„Da werden Sie wohl mir zum Gardehort kommen müssen!"
Mit diesen Worten drängten sich hinter dem Kontrolleur zwei seltsame, schwarze, mit vielen Stachen übersäten Kugeln hervor und kamen auf den Milliardär zu geschwebt. Dem würde sonderbar unwohl zumute, beim Anblick dieser unheimlichen Dinger.
„Hören sie, guter...was sind sie eigentlich?", versuchte

Taylor zu beschwichtigen. „Hören Sie, man kann doch über alles reden, oder?"
Doch die Gestalt stieß nur einen schrillen Pfiff aus. Auf dieses Kommando hin schoben sich aus zwei vorher nicht erkennbaren Öffnungen in den Kugelgebilden unheilvoll glimmende Projektorspitzen hervor. Und noch ehe Harris irgendwie reagieren konnte, lösten sich grelle Entladungen von diesen Spitzen und rasten auf den New Yorker zu. Im nächsten Moment verwischten alle Bilder zur einem Kaleidoskop aus wirbelnden Farben.

Taylor erwachte mit einem leisen Schrei auf seinen Lippen. Er riss die Augen auf, doch er konnte nichts erkennen. Tiefe Dunkelheit umgab ihn.
Einige Augenblicke lang war er völlig Orientierungslos, also plötzlich eine helle Kinderstimme von einem Punkt vor ihm aus der Finsternis an seine Ohren drang.
„Taylor, alles in Ordnung mit dir?", tönte es besorgt.
Jetzt erst wurde dem schlanken Mann wieder bewusst, wo er sich befand, nämlich in einem fantastischen Tunnelsystem, tief unter der Oberfläche des nördlichen Kontinents Aliron auf dem Planeten Oswahaal. Und die kindliche Stimme stammte von ihrem eingeborenen Freund, dem wie ein gemütlicher Riesen- Zottelbär aussehenden Tantraal. Nun konnte Taylor auch schemenhaft die Umrisse des Orrwen vor sich in der Dunkelheit ausmachen. Der auf einem der beiden bauchig geformten Sitze saß, die sich in etwa in der Mitte, also der breitesten Stelle des Schienenfahrzeuges, von den Einheimischen 'Trollgen' genannt, befanden. Der New Yorker Abenteurer konnte sich richtig vorstelle, wie Tantraal seinen Kopf mit den Uhu-ähnlichen Augen darin einfach bis fast auf den Rücken drehte und in seine Richtung schaute.
„Es ist nichts, Tantraal", antwortete Harris leise. „Ich hatte nur einen etwas...seltsamen Traum."
„Dann ist ja gut", drang die Stimme des Orrwen durch die Dunkelheit an sein Ohr. „Ich spürte, dass dich irgendetwas stark beunruhigte."

Einen Moment lang war Taylor fasziniert von der Tatsache, dass Besorgnis und Erleichterung hier aus Oswahaal, einem Planeten, der weiß-Gott-wie viele Lichtjahre von der Erde entfernt im Universum lag, genau so klangen, wie zu Hause.
Zu Hause! Der Gedanke an die ferne Heimat versetzte dem Milliardär und Abenteurer einen feinen Stich ins Herz. Er vermisste die Erde, diesen kleinen, blauen Planeten mit all seinen Fehlern und Nöten. Obwohl er gerne Abenteuer erlebte, ging das, in was er da mit seinen beiden Freunden Sheila Armstrong und Mike Iron hinein gestolpert war, weit über alles bisherige hinaus. Eine zunächst harmlos erscheinende Schatzsuche hatte dazu geführt, dass es sie drei auf einen fernen Planeten verschlug. Und es war noch nicht sicher, ob sie die Erde jemals wieder zu Gesicht bekommen würden. Zu allem Übel wurden sie auch noch von offizieller Seite gejagt, weil man in ihnen Sendboten einer uralten Prophezeiung sah, als Katalysatoren einer Entwicklung, die möglicherweise zum Sturz der hier diktatorisch herrschenden führen konnte. So befanden sich Mike, Sheila und er, Taylor, seit ihrer Ankunft auf Oswahaal auf der Flucht. Einziger Trost in dieser düsteren Situation war die Tatsache, Freunde gefunden zu haben, die auf ihrer Seite standen und alles taten, damit die Soldaten des Quintariums ihrer nicht habhaft werden konnten. Pikopiko, der Hüne mit der violetten Haut und den Bernstein gelben Kreuzschlitzaugen war einer davon. Oder auch Tantraal, der Orrwe. Taylor seufzte tief und versuchte die düsteren, deprimierenden Gedanken abzuschütteln. So bedrückt herum zu sinnieren, das war eigentlich nicht sein Ding. Er schob es kurzerhand der Tatsache zu, dass sie sich nun schon seit fast drei Oswahaal- Tagen fast pausenlos durch tiefschwarze Finsternis bewegten. Gäbe es hier unten, fast zehn Kilometer unter Tage, nicht hin und wieder durch Kugelleuchtpflanzen erhellte Haltestellen, Weichen oder Aufzugstationen, dann hätte man das Gefühl gehabt, sich keinen Zentimeter von der Stelle zu bewegen. Doch die unermüdlich in die Pedale des Trollgen tretenden Orrwen

versicherten ebenso unermüdlich, dass man schnell voran kam und das Ziel, die Hafenstadt Braah, in der veranschlagten Zeit erreichen würde.
Taylor Harris lauschte auf die Atemzüge seiner Gefährten. Rechts neben ihm spürte er den massigen, muskulösen Körper des Hlax. Links von ihm lag Sheila, und daneben, leise schnarchend, sein langjähriger Freund und früherer Lebensgefährte, Mike Iron. Beide schliefen ebenfalls tief und fest. Es war auch das vernünftigste, was die vier hier unten tun konnten. Die Sessel des Trollgen waren für die drei Menschen und Pikopiko viel zu groß, eben ausgelegt auf die Körper der bis zu 2,50 m großen Orrwen. Damit schieden sie für die Aufgabe, den Pedalantrieb des Schienenfahrzeuges zu bedienen aus. Das erledigten Tantraal, Paloor und Levoor allein. Sie hielten es dabei so, dass einer von ihnen immer für einigen Stunden schlief, während zwei in die Pedale traten. Im Prinzip eine leichte Aufgabe, denn die orrwischen Konstrukteure hatten das geheime Tunnelsystem so angelegt, dass die Trollgen immer auf einer leicht abschüssigen Strecke fuhren. In regelmäßigen Abständen musste man Lifte benutzen, um den Wagen wieder bis zu dreihundert Meter nach oben zu heben. Danach ging es wieder auf vielen Kilometern immerzu praktisch Bergab. Es gab zudem immer einen Röhren für den Hin-, sowie eine zweite für den Rückweg. So war garantiert, dass der Fahrtweg immer frei blieb. Eine geniale Meisterleistung, erbracht über Tausende von Jahren hinweg, vor der Taylor im Geiste den Hut zog.
Der Milliardär reckte sich und gähnte herzhaft dazu. Die Dunkelheit, und das leise, monotone Geräusch, welches die Keramikräder auf den ebenfalls aus diesem Material gefertigten Schienensträngen verursachten, wirkte einschläfernd. So suchte er sich schließlich wieder eine bequemere Position, zog die vor dem Fahrtwind schützende Decke höher und schloss seine Augen. Wenige Minuten später war er wieder fest eingeschlafen.

Das nächste Mal wurde er zum Glück nicht wieder durch

einen wirren Alptraum geweckt. Es war Mike, der ihm in die Seite knuffte.
„Nun wach mal langsam auf, Held des Träumelandes", hatte der Bodyguard gebrummt. „Alles aussteigen, wir sind da. Wo immer dieses 'da' auch sein mag. Jedenfalls sieht es nicht viel anders aus wie der Bahnhof, von dem wir abgefahren sind!"
Taylor reckte sich ausgiebig und schlug seine Augen auf, die er aber sofort wieder geblendet schloss. Nach der Tage langen Dunkelheit wirkte selbst das eher als trüb zu bezeichnende Licht der leuchtenden Kugelpflanzen grell. Er blinzelte ein paar Mal, bis sich seine Augen an die lang entbehrte Lichtfülle wieder gewöhnt hatten. Dann konnte er Tantraal sehen, wie er mit dem älteren, graubraun gefärbten Paloor sprach. Ein Stückchen davon entfernt war Sheila damit beschäftigt, Dehnübungen zu machen, wobei ihr Pikopiko interessiert zusah. All das spielte sich auf einer Plattform ab, ähnlich der, von der aus sie ihre Reise durch die Katakomben von Aliron angetreten hatten.
„Nun komm endlich!", riss ihn die brummige Stimme Mikes aus seinen Betrachtungen. „Paloor und Tantraal wollen das Fahrzeug wieder in ein Depot befördern, damit der Bahnhof frei wird!"
Taylor wendete seinen Kopf und sah, dass sein Freund eben damit beschäftigt war, mit seinem Beutel voller Habseligkeiten und Proviant über die bauchige Außenwand des einem Ruderboot nicht unähnlich sehenden Trollgen zu klettern.
„Ich komme ja schon", antwortete der blonde Mann seinem schwarzhaarigen Freund. „Drängle doch nicht so. Ein alter Mann ist kein Schnellzug!"
Er schlug die Decke beiseite und erhob sich. Dabei stellte er fest, wie steif er in den vergangenen drei Tagen geworden war. Nun kamen ihm Sheilas Dehnübungen mehr als sinnvoll vor. Taylor reckte sich noch ein paar Mal, dann schnappte er sich seinen Beutel und folgte Mike auf den Bahnsteig.
„Na, endlich ausgeschlafen?", begrüßte Sheila ihren

ältesten Freund mit einem fröhlichen Lachen.
„Und wie!", gab Taylor zur Antwort. „So viel geschlafen habe ich mein ganzes Leben noch nicht. Ich könnte Bäume ausreißen...so lange sie noch ganz jung und nicht höher als zehn Zentimeter sind! Uff!"
Letzteres galt dem kräftigen Schlag mit der flachen Hand, den ihm Mike in aller Freundschaft verpasst hatte.
„Der Witz hat einen längeren Bart wie ich!", feixte er.
„Aber hier auf Oswahaal ist er neu!", protestierte Taylor.
„Ich sehe Levoor nirgends", sagte er dann. „Wo steckt er denn?"
„Ich glaube, er wollte andere Kleidung für mich und euch besorgen", erklärte Pikopiko. „Er meinte, so wie ihr angezogen seid, würdet ihr niemals als Tallwen durchgehen. Bin schon neugierig, was er sich für mich ausgedacht hat. Levoors Worte waren: du fällst auf wie ein greller Frell."
Er setzte eine bekümmerte Miene auf.
„Leider muss ich ihm zustimmen. Hlax sind über das gesamte Quintarium verteilt. Einer allein ist schon was besonderes. Mehr als zwei auf einem Fleck gelten als seltenes Ereignis. Und drei wären eine echte Sensation."
„Und diese....diese Tallwen, oder wie die heißen, die sehen tatsächlich aus wie wir?", fragte Mike interessiert.
Pikopiko nickte.
„Im großen und ganzen schon. Ihre Hautfarbe ist bleicher als eure. Männliche Tallwen tragen keine Kopfhaare, weibliche Tallwen formen ihre Haare zu einem dicken Zopf. Die Körpergröße ist geringfügig kleiner als die eure, die Statur eher schwächlich. Die Augen sind meist von wässrigem Grau. Außerdem sind Tallwen ein Skl..."
Er brach abrupt mitten im Wort ab, was die drei New Yorker natürlich aufhorchen ließ.
„Was ist? Warum sprichst du nicht weiter?", erkundigte sich Taylor bei seinem extraterrestrischen Freund. „Was wolltest du sagen?"
Pikopiko räusperte sich, ein wenig verlegen, wie es schien.
„Tallwen sind ein unfreies Volk", fuhr er dann fort, und ihm

war deutliches Unbehagen anzuhören.
„Seit sie vor etwa 10.000 Jahre das erste Mal im Quintarium aufgetaucht sind, werden sie von den Quintaten als Sklaven missbraucht. Jeder Tallwe muss an seinem 15. Lebensjahr in den Arbeitsdienst. Eingesetzt werden sie überall, wo willfährige Arbeiter gebraucht werden, die nicht rebellieren, und trotzdem intelligent genug sind, auch komplizierte Arbeiten zu verrichten."
„Kriechende Duckmäuser also", grummelte Mike mit finsterem Gesicht vor sich hin.
„Ich weiß zwar nicht, was Duckmäuser sind, aber ich kann dem Klang deiner Stimme entnehmen, was du meinst", sagte der Hlax ernst.
„Sie müssen 30 Jahre Arbeitsdienst leisten und dürfen dann nach Tallwo zurückkehren. Sofern sie bis dahin noch leben."
„Das hört sich ja schauerlich an", schüttelte sich Sheila.
„Und ausgerechnet als Tallwen sollen wir uns ausgeben?"
„Nun, ich glaube, ich kann mir denken, welcher Art eure Verkleidung sein soll", meinte Pikopiko. „Tallwische Freie."
„Alles klar!", rief Mike mit säuerlichem Grinsen. „Damit wissen wir Bescheid."
Pikopiko lachte dröhnend und hieb dem kräftig gebauten Bodyguard auf dessen Schulter, dass es dem gewiss nicht schwächlichen New Yorker die Luft aus den Lungen trieb.
„Du gefällst mir, mein Freund", sagte der violette Hüne freundschaftlich zu dem schwarzhaarigen Erdenbewohner. „Du trägst dein Herz auf der Zunge. Aber du hast schon recht: ich vergesse immer, dass ihr nicht aus dem Quintarium stammt und von den Verhältnissen vor Ort nichts wissen könnt."
„Entschuldigung angenommen", stöhnte Mike. „Bitte breche mir aber zukünftig keine Rippen mehr!"
Wieder lachte der Hlax dröhnend.
„Passt auf, meine Freunde", sagte er dann. „Tallwische Freie sind Tallwen, die sich im Dienst der Quintarischen Garde verdient gemacht haben. Die meisten Gardisten stammen zwar aus dem Volk der Zon, es gibt aber

Einheiten, die sich aus dem Völkergemisch des Reiches zusammensetzen. Dort finden sich auch Tallwen. Nicht viele, aber doch einige. Der Dienst ist für die oft eher schwächlichen Tallwen nicht einfach. Doch er endet schon nach zehn Jahren. Dann werden sie Ehrenhaft entlassen, sind vom Frondienst befreit und dürfen sich einer Leibrente erfreuen. Allerdings erleben das nur gute zehn Prozent von Ihnen."
„Tallwische Freie...", murmelte Mike vor sich hin, wozu er sinnend nickte. „Das hört sich schon besser an als 'Tallwische Sklaven'!"
In diesem Moment rief Levoor nach den vier Freunden.
„Kommt bitte rüber zu mir, in die Lagerkammer. Ich habe einige Ausrüstungsgegenstände und Kleidung für Euch gefunden."
Taylor nickte seinen Kameraden zu.
„Nun denn...", sagte er. „Lasst uns zu Tallwen werden!"

Uisuu schäumte vor Wut. Seine Mundhöhle hinter den kreisrunden Lippen seines Saugmundes irrlichterte in hellroten, mit gelben Kaskaden von Funken versetzten Farbtönen, untrügliches Zeichen höchster Erregung. Im Gegensatz dazu verharrten die vier Augenstiele wie eingefroren, und sie fixierten ihr Gegenüber, eine lebensgroße, holografische Projektion des oswahalischen Oberkommandierenden der Quintarischen Garde, Legionenführer Zon-Sar'Tan Karphen.
„Deine Gardisten sind unfähige Nisgelden!", kreischte der Quin- Regulator, höchster Vertreter des Quintariums auf dieser Randwelt. „48 Gardegleiter, mit modernster Ortungstechnik ausgestattet, sollen nicht in der Lage sein, drei geflüchtete Individuen, die erst durch weiteres, schuldhaftes Versagen eines Zon flüchten konnten, zu finden? Das ist unentschuldbar!"
Zur Unterstützung seiner Worte ließ der Blyss die Diamant harte Nagelspitze seines Tötefingers auf die Tischplatte des Schreibtisches vor ihm fallen, was ein lautes, unangenehm

klackendes Geräusch verursachte.

„Quin- Regulator Uisuu", begann der gescholtene Zon-Sar'Tan mit einer Rechtfertigung, wobei sich der Rücken seiner Trompetenartigen Schnauze nervös kräuselte. „Bitte bedenkt, das Aliron ein riesiger Kontinent ist. Die Flüchtenden können überall sein. Vielleicht hatten sie Hilfe?"

„Hilfe? Womöglich von diesen tumben, schwerfälligen Orrwen?", höhnte der Quin- Regulator. „Das sind faule Ausreden, um das Versagen der Garde zu kaschieren. Aber damit gebe ich mich nicht zufrieden! Ich verlange den Tod aller an dieser Ergebnislos verlaufenden Suchaktion beteiligten Gardisten!"

Zon-Sar'Tan Karphen riss erschrocken seine beweglichen, Chamäleonartigen Augen auf.

„Aber Quin- Regulator!", rief er protestierend. „Das sind knapp 300 bestens ausgebildete Zon- Gardisten. Mehr als sieben Prozent der gesamten Garnison. Das ist durch nichts zu rechtfertigen!"

„Das ist meine Entscheidung!", schleuderte ihm der Blyss keifend als Antwort entgegen. „Wage es nicht, diese durch den obersten Repräsentanten des Quintariums getroffenen Anweisungen in Frage zu stellen. Ich will, dass die betreffenden Zon- Gardisten auf der Stelle durch den Gardeschlag getötet werden. Und zwar sofort!"

„Das ist unehrenhaft!

Mühsam unterdrückte Wut sprach aus den Worten Karphens.

„Ich melde hiermit gemäß Paragraph 111 der Gardecharta Protest an. Danach ist es mein Recht, die oberste Gardeführung zu informieren und um eine Überprüfung dieser Entscheidung zu bitten!"

Karphen salutierte, und ohne eine Erwiderung Uisuus abzuwarten, wendete er sich um und stapfte auf seinen kurzen, stämmigen Säulenbeinen aus dem Büro des Quin-Regulators hinaus. Der Blyss, der keinen solchen Widerstand erwartet hatte, blickte ihm vor Verblüffung verstummt hinterher. Als sich die Tür hinter dem Zon

geschlossen hatte, stieß Uisuu ein schrilles, knapp an der oberen Hörgrenze liegendes Kreischen aus. Er ergriff eine auf seinem Schreibtisch stehende Karaffe, die mit frischem Wasser seiner Heimatwelt Blyssa gefüllt war, und warf sie voller Zorn quer durch sein Büro gegen die Stirnwand. Eine Tirade unflätiger, in seiner eigenen Sprache Ou ausgestoßener Worte, die auf andere wie eine Mischung aus Säuseln, Pfeifen und Heulen wirkte, hallte durch den großen Raum.
„Insubordination!", brüllte er.
„Das wird mir die Garde büßen! Jeder Einzelne Gardist wird mir das büßen!"
Er beruhigte sich nur mühsam und unter Hilfe eines Beruhigungsmittels, welches ihm sein Sekretär, der Schlangen gleiche Ssann Saptraal, wissend um das cholerische Temperament seines Chefs, herbei gebracht hatte.
Der Quin- Regulator versuchte, sich wieder auf seine Arbeit zu konzentrieren. Dies gelang ihm jedoch nur schwer, denn anhand von Symbolen, die auf der Schreibtischplatte vor ihm erschienen, konnte er erkennen, dass von fremder Stelle aus Daten aus dem Computer des Regulatoriums angerufen wurden. Also hatte sich der Zon-Sar'Tan tatsächlich an höhere Stellen gewandt, denn nur übergeordnete Einrichtungen konnten von sich aus auf Daten der ansonsten völlig abgeschirmten Rechnereinheiten abrufen. Die mühsam unterdrückte Wut auf den Zon kochte sofort wieder hoch, und Uisuu musste Saptraal herbeirufen, um sich von ihm eine weitere Dosis des Beruhigungsmittels verabreichen lassen. Diese Situation wurde von dem Blyss als Herabwürdigung seiner Autorität empfunden. Doch die Gardecharta verdammte den Quin- Regulator dazu, den Vorgang von höherer Stelle entscheiden zu lassen. Allerdings hegte Uisuu keinen Zweifel daran, dass ihm, höchster Vertreter des Quintariums auf Oswahaal, Recht gegeben würde.
Die nächsten Stunden des Wartens vergingen in quälender Langsamkeit. Allmählich kamen in dem Blyss leise Zweifel

auf, ob die Lage tatsächlich so eindeutig zu seinen Gunsten beschieden würde. Noch malte er sich voller gehässiger Vorfreude alle Strafen aus, die er aus seinem Füllhorn der Brutalitäten über die Zon- Gardisten und ihren Anführer Karphen ausschütten würde. Doch mit jeder weiteren Stunde, die er mit Zuwarten verbrachte, schrumpfte diese Vorfreude immer mehr zusammen.
Als schließlich der Summer seiner Kommunikationseinrichtung erklang, zuckte der Blyss wie unter einem elektrischen Schlag zusammen.
„Was gibt es?", fragte er übel gelaunt das Abbild seines Sekretärs im Sekunden schnell aufgebauten Holofeld.
„Das Zentrum will Sie sprechen, Quin- Regulator", meldete dieser.
„Das Zentrum? Genauer bitte!", rief Uisuu unwirsch.
„Es ist das Regulatoriumsdirektorat des Quin- Habitates auf Rhog-Than, Quin-Regulator", antwortete der Ssann.
Der Blyss erstarrte, gab sich jedoch alle Mühe, nach außen hin unbeteiligt zu erscheinen.
„Stellen Sie das Gespräch durch, Saptraal!", befahl er deshalb kurz angebunden.
Sofort erlosch das Abbild des Ssann, und stattdessen erschien ein alter Blyss, mit fast vollständig ausgefüllter Nasenmulde und von aschgrauer Erscheinung.
„Erster Exekutiv- Regulator Iisoo", stellte er sich kurz vor und nickte seinem Artgenossen im Gardehort von Oswahaal kurz zu.
Dieser erwiderte den knappen Gruß.
„Das Regulatoriumsdirektorat sah sich leider gezwungen, einer Beschwerde gemäß Paragraf 111 der Gardecharta nachzugehen."
Dieser eine Satz troff geradezu vor Missbilligung. Uisuu zog unwillkürlich den Kopf etwas weiter in seinen Körperpanzer, enthielt sich jedoch wohlweislich jeder Bemerkung.
„Nach eingehender Prüfung aller zu dem beanstandeten Sachverhalt vorliegender Daten und Fakten..."fuhr Iisoo kalt fort, „...hat das Direktorat folgenden, nicht anfechtbaren

Beschluss gefasst: Die unmittelbar Schuldigen am Verschwinden dreier durch ein Sternentor des alten Reiches in das Quintarium eingedrungener Individuen wurden bereits für ihr Versagen durch Quin-Regulator Uisuu bestraft. Dies geschah zu Recht. Es ist jedoch völlig überzogen, auch noch die an der unmittelbar folgenden Suchaktion beteiligten Zon- Gardisten wegen ihres Misserfolges bei der Suche ebenfalls mit dem Tode zu bestrafen. Es wurde hierbei offensichtlich nicht berücksichtigt, dass es Umstände geben mag, die eine erfolgreiche Suche nachhaltig beeinträchtigen können, und die außerhalb jedes Einflusses der Garde liegen. Das Direktorat kommt nicht umhin, der Beschwerde des zentralen Oberkommandos der Quintarischen Garde nachzugeben. Alle Befehle des Quin-Regulators Uisuu in diesem Zusammenhang werden hiermit aufgehoben. Racheakte gegenüber der Gardeführung sind untersagt. Haben Sie das verstanden, Quin- Regulator Uisuu?"
Dieser senkte die Augenstiele in einer Geste der Demut.
„Ich habe verstanden und werde die Anweisungen des Direktorats uneingeschränkt befolgen", sagte er mit belegter Stimme.
Er gab sich zwar äußerlich ruhig, bebte aber innerlich vor Zorn und Scham bis in die letzte Zelle seines Körpers hinein.
„Das ist auch besser für Sie, Uisuu", sagte der erste Exekutiv- Regulator mit ätzendem Spott in der Stimme. „Sie sind nur knapp einem offiziellen Tadel entgangen. Das ihnen das klar ist. Und noch eines: den Quintaten sind die Vorgänge auf Oswahaal nicht verborgen geblieben. Richten Sie sich darauf ein, dass einer von Ihnen persönlich mit seiner Quin- Barke Oswahaal besuchen wird. Iisoo, Ende!"
Das Holografisches Abbild des Exekutiv-Regulators verschwand und ließ einer völlig geschockten Quin-Regulator zurück. Dem war ein eisiger Schreck in sämtliche Glieder gefahren. Seine Beine versagten ihm den Dienst, und er sank kraftlos auf seinen Schreibtischsessel hinab.
„Ein Quintat...",flüsterte er kraftlos. „Hier auf Oswahaal..."

Das konnte und würde nichts Gutes für ihn bedeuten.

„Nein, nein, nein!", schrie Mike Iron mit gerötetem Gesicht. „Das könnt ihr von mir nicht verlangen! So etwas ziehe ich nicht an! Ich sehe ja aus, wie eine...eine...", er suchte mühsam nach Worten, „...wie eine Nutte, die sich für den Strich fertig macht!"
Taylor Harris und Sheila Armstrong brachen in schallendes Gelächter aus. Auch Pikopiko und die drei Orrwen Tantraal, Paloor und Levoor schienen amüsiert, obschon sie mit den von Mike bemühten Vergleichen wenig anfangen konnten.
„Ich habe es ertragen, dass ihr mir den Kopf kahl rasiert habt", beschwerte sich der bärtige Amerikaner weiter. „Doch diese Klamotten hier sind ja wohl das letzte! Ein Ausbund an Lächerlichkeit!"
In der Tat waren die von Levoor heraus gesuchten und bereitgestellten Kleidungsstücke sehr Gewöhnungsbedürftig. Über einer aus Leinen ähnlichen Stoff fein gewebten Unterwäsche trugen die beiden Männer eine anschmiegsame, äußerst kurz gehaltene Hose aus feinem, dunklen Leder, die eher wie ein Slip wirkte und eigentlich mehr zeigte als verhüllte. Ein herber Kontrast dazu waren Beinstiefel, deren weiches, oberes Ende bis über den Oberschenkel ragte. Damit das dort weiche Leder nicht dauernd herunter klappte, wurde es von an einem breiten Gürtel befestigten Haltern, terranischen Strapsen verblüffend ähnlich sehend, gehalten. Am Oberkörper trugen Mike und Taylor schließlich eine Art T-Shirt mit Stehkragen, aus sehr leichtem, hellgrauen Leder. Dazu gab es eine Kopfbedeckung, die sehr an eine Frisbee- Scheibe erinnerte.
Sheila traf es ein wenig besser. Ihre Lockenpracht hatte Levoor durch diverse Tonika geglättet, streng nach hinten gekämmt und am Hinterkopf zu einem dicken Zopf gebändigt. Das verlieh ihr nun eine gewissen Strenge. Am Oberkörper trug auch sie das T-Shirt ähnliche Lederwams, doch ihre Stiefel reichten nur bis zum Knie. Und statt einer

kurzen Hose war es ihr gestattet, einen Lederrock zu tragen, der bis dicht oberhalb ihrer Knie hinab reichte. Man sah ihr an, dass sie sich in dieser Bekleidung durchaus wohl fühlte.
„Ich gebe zum, ein wenig lächerlich wirkt dieses Outfit schon, auch auf mich, Mike", sagte Taylor schmunzelnd. „Allerdings machst du den Fehler, irdische Maßstäbe anzuwenden. Vielleicht hast es aber noch nicht bemerkt – wir sind nicht mehr auf der Erde."
„Ach ja?", giftete Mike ein wenig eingeschnappt zurück. „Danke dass du mich daran erinnerst!"
„Nun ist aber gut, Mike!", schimpfte Sheila ein wenig ungehalten. „Du führst dich ja auf wie eine zickige High Society- Schickse. Mag die Kleidung auf uns auch seltsam wirken, vergiss nicht: wir tragen das zur Tarnung! Zu unserem Schutz! Unsere orrwischen Freunde haben sich mit Sicherheit etwas gedacht, als sie dies hier für uns heraus gesucht haben. Also trage es mit Fassung, und zwar im Sinne des Wortes!"
„Autsch!", nuschelte Mike mit eingezogenem Genick und betroffener Miene vor sich hin. „Das hat gesessen!"
„Wo sie recht hat, hat sie recht!", rief Taylor und knuffte den langjährigen Freund und einstigen Lebensgefährten Freundschaftlich gegen den muskulösen Oberarm. „Wenn man uns dadurch nicht als Erdmenschen erkennt, renne ich sogar im rosa Tütü durch die Gegend!"
Bei dieser Vorstellung musste nun sogar Mike breit grinsen. Anschließend seufzte er tief.
„Bloß gut, dass mich meine Berufskollegen so nicht sehen können", meinte er dann, schon halbwegs mit den neuen Umständen arrangiert.
Pikopiko, der dieser Diskussion bisher wortlos gefolgt war, meldete sich nun zu Wort.
„Bei Gelegenheit müsst ihr mir mal erklären, über was ihr da eigentlich gesprochen habt. Mein Linguator konnte einige Begriffe nichts ins Quotram übersetzen", sagte er mit gerunzelter Stirn. „Anscheinend hatte ihr wohl ein paar kulturell bedingte Probleme mit eurer Tarn- Bekleidung."

Taylor nickte kurz.
„So könnte man es ausdrücken."
„Nun, ich hoffe, dass ihr versteht, dass es mit der Bekleidung nicht alleine getan ist", fuhr der Hlax fort.
„Wie meinst du das?", hakte Taylor nach.
„Eure Namen", antwortete Pikopiko bereitwillig. „Sie klingen nicht tallwisch genug. Zudem benutzen Tallwen keine Doppelnamen, wie sie bei euch gebräuchlich zu sein scheinen."
„Und wie müssten unsere Namen lauten, um nicht wie ein bunter Hund aufzufallen?", wollte Sheila wissen.
„Keine Sorge, man muss sie gar nicht groß ändern. Die Affinität zwischen Euren und tallwischen Namen ist erstaunlich groß. Es genügt eine geringfügige Anpassung. Für dich, Sheila, käme 'Shyla' in Betracht. Mike Iron ließe sich in 'Miron' ändernd, und Taylor schließlich wäre mit 'Tylord' gut bedient."
„Miron", murmelte Mike halblaut ein paar Mal vor sich hin.
„Hört sich ganz OK an. Damit kann ich leben. Und wie steht es mit, Shyla?"
Die lachte den Freund mit einem schmelzenden Lächeln an.
„Das sich mein Name akustisch am wenigsten geändert hat, ist das für mich wohl das geringste Problem."
„Tja, mir gefällt mein tallwischer Name auch ganz gut", meldete sich auch Taylor zu Wort. „Tylord hört sich für mich irgendwie aristokratisch an!"
„Eingebildeter Angeber!", spöttelte Mike gutmütig.
„Wir mögen ja als Tallwen gerade noch so durch gehen", sagt er dann, während er einen kritischen Blick auf die mehr als auffällige, hünenhafte und tief Violett gefärbte Gestalt des Hlax warf. „Aber was ist mit Pikopiko? Unsere DNS- Stränge mögen ja überraschender Weise stark übereinstimmen, aber er geht niemals als Tallwe durch!"
„Da hast du sicher recht, Mike von der Erde", antwortete Tantraal, ihr orrwischen Freund, aus dem Hintergrund zu Wort. „Das hat uns auch einige Probleme bereitet. Aber Paloor fand schließlich eine recht einfache Lösung."
„Und wie sieht die aus?", fragte Pikopiko interessiert.

„Es musste etwas sein, was die Hautfarbe und das auffällige Äußere wirksam verbarg", erläuterte der Orrwe ihre Überlegungen. „Also schlug Paloor vor, Pikopiko als Siechenpriester des Krassan- Kultes auszugeben. Sie sind zwar ebenso selten auf Quintariumswelten anzutreffen, wie ein Hlax, aber man meidet sie und lässt sie in Ruhe. Außerdem verbirgt die Priesterkutte das Äußere total. Das ist die perfekte Tarnung für unseren Freund!"
„Etwas morbid, aber ich muss meinen orrwischen Freunden zustimmen", sagte der Hlax, den der Vorschlag betraf, Stirn runzelnd. „Ich glaube, kein einziger Einwohner des gesamten Quintariums würde einen Angehörigen meines Volkes unter der Kutte eines Siechenpriesters vermuten!"
„Selbst auf die Gefahr hin, dass ich mich wiederhole...", sagte Mike unter lautem Seufzen, „..aber was bitte, ist denn nun schon wieder ein Siechenpriester?"
„Das erklären wir dir auf dem Weg nach oben!", mischte sich nun Paloor ein. „Die Zeit drängt, wir sollten aufbrechen. Wir wissen, dass im Hafen von Braah einige Schiffe vor Anker liegen, die in Kürze in Richtung des Südkontinents Brasur aufbrechen. Wenn wir Glück haben, steuert eines von Ihnen die Hafenstadt Dolgram an, die dem Raumhafen von Nkott-Nkott am nächsten liegt. Doch die Schiffe warten nicht auf uns, und wir müssen uns eilen, damit wir noch eine Passage buchen können. Außerdem sind es noch ein paar tausend Stufen bis hinauf zur Oberfläche!"
„Ich habe befürchtet, dass er das sagt!", stöhnte Mike, und erntete damit ein weiteres Mal Gelächter seitens seiner Freunde.
Aber im Prinzip freute sich auch der ehemalige Bodyguard darauf, das Tageslicht wiederzusehen. Ganz egal, was sie dort oben auch erwarten würde!

Hu, du siehst vielleicht schaurig aus!"
Sheila Armstrong lief ein kalter Schauer über den Rücken,

als sie ihren gemeinsamen Freund Pikopiko, einen muskulösen Hünen mit tief violetter Hautfarbe, in seiner Maskierung als Siechenpriester des Krassan- Kultes betrachtete.
„Findest du?"
Er drehte und wendete sich in seiner düsteren, dunkelvioletten, fast schwarz wirkenden Kutte, die in so komplett verhüllte, dass nicht mal sein Gesicht mit den glänzend grünen Zähnen im Mund und den kreuzförmigen, bernsteinfarbenen Augen zu erkennen war. Die weit vorgezogene Kapuze des grob gewebten Kuttenstoffs verhinderte dies und lies die Gesichtspartie wie ein tiefes, schwarzes Loch erscheinen. Auch seine Hände blieben verdeckt. Sie steckten zudem in an schmutzige, graue Binden erinnernde Handschuhe. Da die Kutte bis auf den Boden reichte, konnte man auch weder von den Beinen noch vom Schuhwerk etwas erkennen. Die perfekte Tarnung für einen Hlax, traten Angehörige dieser Rasse im Quintarium doch eher vereinzelt auf, was sie natürlich dafür um so unverwechselbarer machte.
„Also schaurig, wie?"
Pikopiko schien zufrieden.
„Na, der Krassan- Kult ist ja auch schaurig genug. Da rückt mir mit Sicherheit keiner näher..wie sagtest du vorhin, Mike?"
„Auf die Pelle", antwortete der bullige Bodyguard dem exotischen Freund. „Aber was hat es denn mit diesem ominösen Krassan- Kult denn überhaupt auf sich? Die Bezeichnung 'Siechenpriester' klingt ja schon etwas seltsam."
„Das kann ich euch erklären, meine kleinen Freunde", ließ sich da ihr orrwischer Freund Tantraal mit seiner hellen, so gar nicht zur riesigen Statur passenden Kinderstimme. „Die Anhänger des Krassan- Kultes huldigen der Totengottheit Krassa. Nach deren Interpretation ist das wahre Leben der Tod, den man sich durch Askese und Selbstkasteiung verdienen muss. Qualvoll, wie die Anhänger dieses Kultes ihr Leben meist führen, ist der Tod dann mithin die

ersehnte Erlösung und der Beginn des Paradieses. Die Siechenpriester des Kultes infizieren sich selbst mit der Nossa- Pest. Diese unheilbare Krankheit zerstört über viele Jahre hinweg, langsam und unter Qualen den Körper eines Individuums, bevor dann endlich der Tod eintritt. Gewebs- und Knochenwucherungen verunstalten das Äußere, zusammen mit nässenden, schwärenden und eiternden Wunden, Sekretabsonderungen und Ausschlägen. Deswegen kleiden sich Siechenpriester in dunkel-violette Gewänder, die sie total verhüllen, und sie ziehen die Kapuzen ihrer Kutten tief vor ihr Gesicht, so das kein Lebewesen einen Blick auf ihren von der Krankheit entstellten Körper werfen kann, was als Entwürdigung ihrer heiligen Mission gesehen würde. Niemand im ganzen Quintarium, nicht mal die Zon- Gardisten, würde sich einem Siechenpriester freiwillig so weit nähern, dass man ihn berührte. Zu groß ist die Angst vor der unheilbaren Nossa- Pest. Ihren Ursprung hat diese destruktive Religion auf dem Planeten Dock-Warn, einer Welt, auf der sich zwei intelligente Rassen entwickelte,n die Dock und die Warn. Die Dock unterdrückten die Warn, zwangen Sie in ein elendes Dasein aus Unterdrückung, Sklaverei und Peinigung. Aus diesen Umständen heraus entwickelte sich bei den Warn der Krassan- Kult als Ausweg aus ihrer aussichtslos erscheinenden Lebenssituation. Im Verlauf vieler Jahre fand der Kult auch Anhänger unter anderen Völkern des Quintariums. Er ist aber weit davon entfernt, eine wirklich große Religion zu sein, stößt er doch auf Grund seiner negativen Grundtendenz gemeinhin auf breite Ablehnung. Oder, besser gesagt, fast jeder hat Angst davor."

„Also wirklich die ideale Tarnung für Pikopiko", meinte Taylor M. Harris, fasziniert von der Schilderung einer fremden Kultur durch den riesenhaften, mit zotteligem Fell bewachsenen Tantraal.

„Aber ich rennen dann doch lieber wie eine männliche Nutte in Strapsen durch die Gegend", rief Mike, wobei er auf ihre Tarnung als freie Tallwen anspielte, die er nach wie vor als sehr Gewöhnungsbedürftig betrachtete. Über einer aus Leinen ähnlichen Stoff fein gewebten Unterwäsche trugen die beiden Männer eine anschmiegsame, äußerst kurz gehaltene Hose aus feinem, dunklen Leder, die eher wie ein Slip wirkte und eigentlich mehr zeigte als verhüllte. Ein herber Kontrast dazu waren Beinstiefel, deren weiches, oberes Ende bis über den Oberschenkel ragte. Damit das dort lappige Leder nicht dauernd herunter klappte, wurde es von an einem breiten Gürtel befestigten Haltern, terranischen Strapsen verblüffend ähnlich sehend, gehalten. Am Oberkörper trugen Mike und Taylor schließlich eine Art T-Shirt mit Stehkragen, aus sehr leichtem, hellgrauen Leder. Außerdem mussten die beiden Männer ihre Haartracht opfern, denn männliche Tallwen trugen polierte Platte. Dazu gab es eine Kopfbedeckung, die sehr an eine Frisbee-Scheibe erinnerte.

Sheila dagegen hatte es ein wenig besser getroffen. Allerdings musste ihre verräterische, rote Lockenpracht gebändigt werden. Dazu hatte Levoor ihr Haar durch diverse Tonika dunkler getönt und geglättet, streng nach hinten gekämmt und am Hinterkopf zu einem dicken Zopf gebändigt. Das verlieh ihr nun eine gewissen Strenge. Am Oberkörper trug auch sie das T-Shirt ähnliche Lederwams, doch ihre Stiefel reichten nur bis zum Knie. Und statt einer kurzen Hose war es ihr gestattet, einen Lederrock zu tragen, der bis dicht oberhalb ihrer Knie hinab reichte. Den Bekundungen der drei Orrwen stellte dies die typische Bekleidung freier Tallwen dar, die in der Quintarischen Garde gedient hatten und in Ehren daraus entlassen wurden. Da Tallwen den Menschen sehr ähnlich sahen, die einzige durchführbare Alternative.

„Wir sollten uns jetzt wirklich an den Aufstieg machen", drängte nun der älteste von den drei Orrwen, Paloor, die Gruppe zum Aufbruch. „Sonst verpassen wir die Schiffe im Hafen von Braah tatsächlich noch!"

Dem Argument war nicht zu widersprechen und so machten sich die siebenköpfige Schar daran, die vielen

tausend Stufen aus den Katakomben van Aliron an die Oberfläche Oswahaals zurück hinauf zu klettern. Es war ein beschwerlicher und Kräfte zehrender Weg, der zurückgelegt werden musste, denn im Gegensatz zum Abstieg konnte man aufwärts eben nicht mal kurz in bis zu tausend Meter langen Röhren nach oben rutschen. Wenigstens gab es an manchen Stellen mechanische Seilzug- Aufzüge, mit denen in kurzer Zeit einige hundert Höhenmeter überbrückt werden konnten. Doch das meiste blieb eben Fuß- und Muskelarbeit.
Viele Stunden später erreichte die Gruppe endlich eine ovale Höhle, mit einem Durchmesser von gut zehn Metern und einer größten Höhe von mindestens fünf Metern, die von Tantraal als 'oberste Ebene' bezeichnet wurde.
„Endlich!", stieß Taylor M. Harris einen erleichterten Seufzer aus. „Ich bin so kaputt, wie nach zehn Tagen Dauertraining im Studio!"
Auch Sheila und Mike wirkten sehr erschöpft, während man Pikopiko die Strapazen überhaupt nicht anmerkte. Aber er war ja auch ein Muskel bepackter Hlax und zudem an die etwas höhere Schwerkraft des Planeten Oswahaal gewöhnt, im Gegensatz zu den Menschen.
„Ich glaube, unser Aufenthalt auf eurem Planeten gestaltet sich zu einem schmerzhaften Dauermuskelkater!", beschwerte sich Mike bei den drei Orrwen. „Meine Beinmuskeln fühlen sich Brett hart an!"
„Das kann ich gut verstehen, mein kleiner Freund", meinte der 2,20 Meter große, Bärenhaft wirkende Tantraal zu dem ehemaligen Bodyguard. „Und es erfüllt mich mit Trauer, dass ihr auf unserer Welt dazu verdammt seid, ein Flüchtlingsleben zu führen. Doch euer Schicksal, würdet ihr in die Hände der Quintarischen Garde fallen, wäre ein weitaus schlimmeres."
Nach diesen Worten öffnete er die riesengroße Umhängetasche, die er bei sich trug, und förderte kaltes Fleisch, Obst und Wasserflaschen zutage. Auch Paloor und Levoor, seine beiden Artgenossen, packten den mitgeführten Proviant aus.

„So, nun werden wir uns erst mal ein wenig stärken und uns etwas ausruhen. Dann machen wir uns auf den Weg nach Braah. Das heißt, Levoor wird sich mit Euch auf den Weg machen. Paloors und meine Wege trennen sich leider hier von dem Euren, meine kleinen Freunde!"
Es lag aufrichtiges Bedauern in der hellen Kinderstimme des riesenhaften Orrwen.
„Drei Orrwen, ein Siechenpriester und drei freie Tallwen würden einfach zu sehr auffallen. Ein Orrwe allein lässt sich dagegen leicht als verdungener Führer ausgeben", erklärte er.
Die Freunde und auch Pikopiko sahen das natürlich ein. Doch auch sie verspürten Traurigkeit, wenn sie an die bevorstehende Trennung von ihren Freunden dachten, ganz besonders die drei New Yorker. Als Fremde in diesem Teil des Universums, dazu gejagt von der herrschenden Autokratie, hatten sie nicht viele Freunde, so das jeder einzelne von Ihnen besonders schwer wog.

So verbrachten sie diese letzte gemeinsame Mahlzeit in eher melancholischer Stimmung. Taylor, Mike und Sheila machten sich zudem wieder Gedanken über ihre Situation. Die relative Geborgenheit tief im inneren des Kontinents Aliron, in einer überschaubaren Umgebung, wich nun erneut den Unwägbarkeiten einer für sie völlig fremdartigen Umgebung, und erzeugte tiefste Ungewissheit und Verunsicherung in ihnen. Aber was sollten sie machen? Es gab keine Alternative als die, sich den Quintarischen Garden und damit den hiesigen Machthabern zu entziehen, wollten sie auch nur die geringste Chance wahren, jemals wieder auf die Erde, in ihre Heimat zurückzukehren.
Gute drei Stunden später war es dann so weit. Der junge Orrwe Levoor, die drei Menschen und Pikopiko rüsteten zum Aufbruch. Sie verabschiedeten sich herzlich von Tantraal und dem alten Paloor. Sheila Armstrong konnte nur mit Mühe ihre Tränen unterdrücken, und auch Mike und Taylor war nicht nach lachen zumute. Tantraal hatten ihnen zum Abschied noch drei besondere Halsbänder

überreicht. Sie schienen aus einer leichten, exotischen Metalllegierung zu bestehen und schimmerten irisierend in vielen Farben.
„Das ist ein Zakkutt- Band", hatte ihnen der Orrwe das Geschehen erklärt. „Freie Tallwen erhalten es beim Ausscheiden aus dem Dienst der Garde. Es zeigt den Status als Freie an, ist also eure Legitimation, die niemand anzweifeln wird. Man stellt freien Tallwen keine Fragen über ihre Vergangenheit. Das Zakkutt- Band stellt klar, dass dieser Abschnitt im Leben vorbei ist und nur noch das Jetzt zählt. Verliert die Bänder nicht, sie sind eure Lebensversicherung!"
Die drei Menschen nahmen das kostbare Band dankbar entgegen. Sie umarmten die beiden zurückbleibenden Orrwen noch einmal zum Abschied, wobei sie fast in deren langem Zottelfell versanken, dann brachen sie auf.
Levoor führte sie an eine Stelle der Höhlenwand, in der sich ein verborgener Zugang befand, den er nun öffnete. Über einen von Leuchtkugelpflanzen spärlich erhellten Gang, der steil und vielfach gewunden aufwärts führte, ging es stetig Bergan, bis er in einer Art rechteckiger Kammer endete. Der junge Orrwe machte sich an einer mechanischen Apparatur zu schaffen, die an der Stirnwand in den Fels eingelassen war.
„Hierüber kann ich mit dem kleinen Orrwendorf Kontakt aufnehmen, damit sie den Zugang für uns öffnen", erklärte er beiläufig. „Von Innen öffnen wir die Eingänge nur in Notfällen, denn das Risiko, Unbefugten Einblick in den Katakombenbereich zu geben, ist zu groß!"
Das leuchtete seinen Begleitern ein, und so beobachteten diese Stumm Levoors Handlungen.
„So", sagte er nach eine Weile. „Jetzt müssen wir ein wenig warten."
Er setzte sich kurzerhand auf sein breites Hinterteil, holte eine Frucht aus seiner Umhängetasche und begann diese genüsslich zu verspeisen.
„Sag mal, Levoor", begann Taylor nach einigen Minuten des Schweigens mit einer Frage. „Bevor wir so hektisch

aus Seloro aufbrechen wollten, sprachen wir doch über Sheilas Traum. Du weißt schon, den, in welchem es um Begriffe wie „Loubande", „Rigeldis" und „Hellare-Kantake" ging, und mit denen niemand etwas anfangen konnte. Und es ging darum, den Planeten zu verlassen, richtig?"
„Richtig", bestätigte der junge Orrwe kauend.
„Ja...und wo soll es für uns überhaupt hingehen?"
Der New Yorker Milliardär schaute den Einheimischen fragend an.
Dieser hielt verblüfft im Kauen inne, und schaute mit seinen großen Eulen ähnlichen Augen von einem zum anderen.
„Beim Braungraspfeifer!", entfuhr es ihm dann, „Wir haben Euch ja noch gar nicht informiert. Tantraal, Paloor und ich sprachen darüber, unten, im Tunnel, während ihr schlieft. Und dann haben wir tatsächlich vergessen, euch einzuweihen!"
Er machte eine Geste des Bedauerns.
„Nicht so schlimm", meinte Mike. „Sag uns eben jetzt, was unser nächstes Ziel ist."
„Ihr müsst wissen...", begann Levoor zu erklären, „...das die von Sheila erträumten Begriffe zwar niemandem hier bekannt waren, aber jeder dennoch spürte, dass es von großer Bedeutung ist, heraus zu finden, was es damit auf sich hat. Wir waren deshalb der Meinung, dass es am sinnvollsten sei, die Pentaguzzi- Auguren aufzusuchen."
„Penta...was?", rief Mike verständnislos aus.
„Die Pentaguzzi- Auguren. Wesen von großer Weisheit, die auch schon zu Zeiten der gütigen Herren von Malsamom befragt wurden. Sie leben auf dem Methanriesen Uelan 3, 2200 Lichtjahre von hier entfernt, praktisch auf der gegenüberliegenden Seite des Quintariums."
„2200 Lichtjahre weit weg? Und von diesem Raumhafen aus, wie hieß er noch gleich? N'kott-N'kott...von das aus können wir mit einem Raumschiff hin fliegen?", fragte Taylor, fasziniert und schockiert zugleich von den Dimensionen, die sich hier vor Ihnen auftaten.
„Leider nein, kleiner Freund", antwortete Levoor betrübt. „Hier auf Oswahaal landen nur kleinere Schiffe, die über

Leistungsschwache Sprungtriebwerke verfügen. Aber von hier aus kommt man leicht zum Planeten Coppalpunk, im Coppal-System. Nur zehn Lichtjahre entfernt. Eine kleiner Hüpfer für einen Hulatli."
„Ha...", machte Mike und war die Hände in die Luft. „Zehn Lichtjahre...und der redet von einem kleinen Hüpfer!"
„Aber ja...", fuhr Levoor zu erklären fort, und man sah ihm an, dass er sich über Mike Irons Reaktion wunderte. „Zehn Lichtjahre sind wirklich keine großartige Entfernung. Wichtiger ist aber, das Coppalpunk eine Handelswelt ist. Dort landen auch die großen Fernflugschiffe. Die mit den starken Trans-Dim-Sequenzern."
„Trans-Dim-Sequenzer...alles klar...", lachte der Bodyguard mit einem Anflug von Verzweiflung, was ihm schiefe Blicke von Sheila und Taylor einbrachte.
„Spricht euer Freund immer in so seltsamen Sätzen?", erkundigte sich Levoor irritiert bei Taylor.
„Du musst entschuldigen, aber all diese Techniken sind uns völlig unbekannt. Das kann einen leicht überfordern", erklärte dieser.
„Ah, ich verstehe", sagte Levoor. „Nun, was wollte ich sagen...? Ach ja, auf Coppalpunk gibt es eine kleine Widerstandsgruppe. Die müsst ihr finden und kontaktieren. Die können euch einen Passage auf einem schnellen Schiff verschaffen."
„Ich hoffe, wir werden das schaffen", meinte Sheila zweifelnd.
„Ihr habt ja noch mich, und ich kenne mich ein wenig aus im Quintarium", rief Pikopiko beruhigend aus. „Zusammen werden wir es schon ins Uelan- System schaffen!"
Ein schabendes Geräusch beendete das kurze Gespräch der fünf unterschiedlichen Individuen. Langsam schwang ein gutes Stück Stirnseite der Kammer, in der sie warteten, nach innen hin auf. Offenbar war auf der anderen Seite die Luft rein und man konnte ohne Gefahr den Zugang zum Katakombensystem öffnen.
Levoor erhob sich behände, so rasch, wie man es ihm ob seinen Körperdimensionen gar nicht zutraute. Der Orrwe

schritt voran und die drei Menschen sowie Pikopiko folgten ihm auf dem Fuße. Kurz darauf befand sich die Reisegruppe auf dem Grund eines weiteren, orrwischen Hohlröhrendorfes, wo sie von mehreren Dorfbewohnern in Empfang genommen wurden. Nach kurzer Begrüßung tauschten sich Levoor und seine Artgenossen kurz aus. Das geschah in scheinbarer Lautlosigkeit. Nur ein gelegentliches Kribbeln im Bauch rief den Taylor und seinen Freunden ins Bewusstsein zurück, dass sich Orrwen in ihrer eigenen Sprachen, dem Hoor, im Infraschallbereich verständigten. Nach einigen Minuten wandte sich Levoor wieder seinen vier Begleitern zu.
„Gute Nachrichten, meine Freunde", berichtete er mit Erleichterung in seiner hellen Kinderstimme. „Dorfvorstand Natraal berichtete mir, dass im Hafen von Braah derzeit mehrere Schiffe vor Anker liegen, die in Kürze zum Südlichen Kontinent Brasur aufbrechen und dort die Hafenstadt Dolgram ansteuern. Vor da aus kommen wir leicht nach N'kott-N'kott."
„Wenigsten mal wieder ein paar gute Neuigkeiten", seufzte Mike ergeben.
„Noch sind wir nicht an Bord", meinte Pikopiko einschränkend.
„Och, du alte Unke!", maulte Mike daraufhin und zog eine Flunsch. „Da hört sich mal was positiv an, und schon kommt wieder einer daher und macht es madig!"
„Aber nein, so meinte ich es doch gar nicht, Mike", verteidigte sich der Hlax schnell. „Ich meine, irgendwie müssen wir die Passage bezahlen können. Ein Kapitän wird wohl kaum kostenlos einen Siechenpriester und drei freie Tallwen mitnehmen, nur aus einer Güte heraus. Diese Leute sind raffgierig und lassen sich die Mitnahmen gut bezahlen. Wir haben aber so gut wie kein Geld!"
Mike machte ein betroffenes Gesicht, und auch Taylor und Sheila zeigten eine gewisse Bestürzung.
„Da ist was dran", gab Mike dann widerwillig zu. „Jetzt könnten wir ein paar von deinen Milliönchen brauchen, alter Freund", fügte er dann an Taylor gewandt hinzu.

„Ich glaube, mit meinen Milliönchen kämen wir hier kaum weiter", sagte dieser mit skeptischer Miene. „Es sei denn, die hätten vor Ort eine Wechselstube. Was benutzt man denn eigentlich im Quintarium zum bezahlen?"
„Quintas", antwortete Levoor ihnen. „Das sind dünne Scheibchen aus unzerbrechlichem Kristall. Sie haben unterschiedliche Farben und es gibt sie von drei- bis achteckiger Form. Je mehr Ecken, um so mehr Wert, und zwar jeweils fünf Mal mehr. Natraal und der Dorfrat werden Euch genug Quintas zur Verfügung stellen, um eine bequeme Passage bekommen zu können."
„Das...ist ist großartig!", rief Taylor, überwältigt von so viel Hilfsbereitschaft.
„Wir danken Ihnen von ganzen Herzen!", sagte auch Sheila, wobei Tränen der Freude in ihren grünen Augen schimmerten. „Wie sollen wir das nur je wieder gut machen?"
Aber Levoor winkte bescheiden ab.
„Alles, was gegen das Quintarium gerichtet ist, kann nur in unserem eigenen Interesse sein", meinte er. „Wenn ihr tatsächlich diejenigen sein solltet, von der die alte Prophezeiung spricht, dann ist es uns geradezu eine Verpflichtung, Euch zu helfen. Aber nun müssen wir uns eilen. Die Schiffe werden nicht auf uns warten!"

Kurze Zeit später eilte die unterschiedliche zusammengewürfelte Gruppe bereits die Spiralrampe hinauf, die vom Grund des Orrwendorfes nach ober und letztlich hinaus ins Freie führte. Man hatte die Reisenden mit frischem Proviant, Wasser und einer erheblichen Menge Quintas ausgestattet, was bei Taylor, Mike und Sheila fast dazu geführt hatte, dass man sich ob der großen, ihnen erwiesenen Güte verlegen wurde. Doch es blieb keine Zeit, sich den eigenen Gefühlen hinzugeben. Levoor drängte zur Eile, und so war man denn rasch aufgebrochen.
Bald danach erreichten die Fünf den Ausgang des Dorfes. Eine von außen gut getarnte Bodenluke hob sich vor ihnen

und entließ sie in das Gestänge der hier auf Aliron vorherrschende Braungrassteppe. Taylor bewunderte erneut, wie meisterhaft getarnt Orrwendörfer von außen waren. Vom oberen Dach über dem Hohlzylinder des Dorfrunds sah man tatsächlich nur einen sanften, leicht kuppelförmigen Hügel im Meer der Bambus ähnlichen Braungrasstämme. Nichts wies darauf hin, dass unter ihren Füßen eine lebendige mehrere Dutzend Häupter umfassende Dorfgemeinschaft existierte.
Die Gruppe bewegte sich eine gute Stunde lang im schummrigen Licht zwischen den in allen denkbaren Braun- und Violett tönen schimmernden Braungras hindurch, als ein lebhaftes Plätschern und Rauschen an ihre Ohren drang. Bald darauf erreichten sie das braungrüne Band einen Flusslaufs quer zu ihrer bisherigen Laufrichtung.
„Das ist der Luuhm- Fluss", klärte sie Levoor über das Gewässer auf. „Er fließt Richtung der Bucht von Braah und durchquert die Stadt auch zu einem guten Stück, eher er ins nördliche Ringmeer mündet. Wir brauchen dem Flusslauf nur noch zu folgen. Es wird nicht mehr lange dauern, bis wir die Braungrassteppe hinter uns lassen und den Stadtrand von Braah erreichen."
„Oh je...", machte Mike und schluckte schwer dazu. „Ich fühle mich, als müsste ich zum Zahnarzt!"
„Sag bloß, du hast weiche Knie, mein knuffeliger Bär?", erkundigte sich Sheila mitfühlend bei ihrem Freund.
Der nickte mit Kummervoller Miene.
„Es ist schließlich unser erster Aufenthalt auf einem anderen Planeten", sagte er seufzend. „Und bisher wurden uns die Fremdwesen...entschuldigt bitte, Pikopiko und Levoor...bisher wurden uns alles in mehr oder weniger homöopathischen Dosen serviert. Da vorne in Braah wird aber gleich das Leben toben. Leben, wie es uns völlig unbekannt ist. Ich habe einfach Angst, dass dies alles über meinen bescheidenen Horizont geht. Oder das ich uns durch irgendeine blöde Reaktion, vielleicht aus Schock oder Überraschung, verraten werden. Schließlich sollen wir ja

vorgeben, hier in diesem...diesem Weltraumreich heimisch zu sein."
„Wer würde es uns verdenken, wenn"s passiert", murmelte Taylor halblaut vor sich hin. Er rieb sich mit der Hand über den zur Tarnung glatt rasierten Kopf. „Wenn wir dauernd daran denken, dann kommt es garantiert zu einem Lapsus. Aber ich habe vor, mein Leben dann so teuer wie möglich zu verkaufen, meine Freunde!", fügte er dann mit fester, entschlossener Stimme hinzu.
„Und ihr könnte sicher sein, dass ich mein Leben für euch einsetzen würde!", stellte sich auch Pikopiko mit grimmiger Miene neben seinen terranischen Freund.
„Gemeinsam schaffen wir es Mike!", ließ sich nun auch Sheila vernehmen. Sie lächelte den Freund an und hauchte ihm einen Kuss auf die Wange.
„Na dann...", sagte Mike und klang schon wieder ein wenig zuversichtlicher dabei.
„Pikopiko, du solltest deine Kapuze aufsetzen", meldete sich Levoor zu Wort. „Wir erreichen gleich den Rand der Braungrassteppe. Vergewissere dich, dass deine Tarnung sitzt!"
Der hünenhafte Hlax nickte wortlos und zog sich die Kapuze seiner dunkelvioletten Kutte tief über seinen Kopf, so dass nichts mehr von seinem Gesicht zu erkennen war. Dann schwang er seinen zwei Meter langen Priesterstab, der am oberen Ende einen schwarzen, ins dunkelblaue Holz eingelassenen Kristall trug.
„Schließe dich uns an", gab er dazu mit verstellter, tiefer Stimme von sich. „Werde ein Krassan und erkenne, das wahre Freiheit im Ertragen von Leid liegt und die endgültige Befreiung der süße Tod sein wird!"
„Ich weiß zwar nicht, wie es klingen muss, aber für mich hört sich das ziemlich echt an!", rief Mike schaudernd. „Huh, wie kann man sich nur eine so kranke Religion ausdenken!"
„Urteile nicht zu vorschnell über andere Kulturen, Mike", sagte Taylor mit leicht tadelndem Unterton. „Auch auf der Erde gab es schauerliche und tödliche Rituale. Ich denke

nur an die Opferzeremonien der Maya, oder der Kali- Kult in Indien. Die waren nicht weniger schaurig als der Krassan-Kult mit seinen Siechenpriestern."
„Da hast du auch wieder recht, Taylor", gab Mike betroffen zu. „Oder besser Tylord. Wir sollten uns wohl langsam an unsere tallwischen Namen gewöhnen."
„Gute Idee, Miron", lachte Sheila und gab dem muskulösen Bartträger einen Knuff gegen die Schulter.
„Ich habe immer gute Ideen, Shyla. Na ja, manchmal jedenfalls."
Das Gewirr aus den bis zu Oberschenkeldicken Stämmen des Braungrases begann sich nun rasch und rascher vor ihnen zu lichten.
Rechts und links breitete sich hügeliges, von vereinzelten Bäumen und Buschgruppen bewachsenes Grasland aus, dass bald in Sandstrand überging, gegen den die schäumenden Wellen des nördlichen Ringmeeres schlugen. Der Wind trug würzige, salzige Seeluft mit sich und außerdem das ferne, an Möwen erinnernde Gekreische irgendwelcher Seevögel. Und direkt vor ihnen, nur noch einen Fußmarsch von höchsten fünfzehn Minuten entfernt, da lag sie im hellen Licht der Doppelsonne Bolsa-Bol vor ihnen: Braah, die Prächtige!
Staunend betrachteten die drei auf Oswahaal gestrandeten Menschen das bunte, exotische Bild, welches sich ihren Augen bot. Braah, die Hafenstadt, schmiegte sich um eine Bucht herum. Das Stadtbild wurde dominiert von größeren und kleineren, runden, sehr bauchigen und oben spitz zulaufenden Gebäuden, die einen auf den ersten Blick sehr an überdimensionale Speisezwiebeln erinnerte. Dazu trugen auch die Farben der Wände dieser Häuser bei, die von Elfenbeinweiß, über diverse Gelb und Orangetöne reichte und bei diversen Nuance von Violett und Braun endete. Ging man von den Körperdimensionen der einheimischen Orrwen aus, erreichte diese Gebäudetyp selten mehr als zwei Stockwerke. Die höheren Bauten erinnerten eher an spitze, gedrehte Hörner, mit vielen Erkern und kleinen Balkonen. Die Wände dieser bis zu zehn

Stockwerken hohen Bauwerke schimmerten Perlmuttfarben im orange-weißen Licht der beiden Sonnen. Es sah sehr hübsch aus. Überhaupt bot Braah einen wunderschönen, farbenfrohen Anblick, der überdies mit der graugrünen Farbe des Meeres harmonisch kontrastierte. Es schien, als trüge Braah nicht umsonst den Beinamen 'die Prächtige'. Taylor und seine beiden Gefährten zeigten sich angenehm überrascht und fasziniert. Eben noch unsicher und voller Ängste, konnten sie es nun kaum erwarten, durch die Gassen von Braah zu streifen und diese fremdartige Welt zu erkunden. Levoor erzählte ihnen ein wenig mehr über Braah. In der 5000- Seelen- Stadt gab es neben dem Hafen auch noch einen großen Markt, auf dem Fisch, Gemüse, Obst und alle möglichen Waren des täglichen Bedarfs angeboten wurden. Die Orrwen stellten mit gut 80 Prozent den größten Anteil an den Stadtbewohnern. Die restlichen zwanzig Prozent mischten sich aus verschiedenen Völkern des Quintariums zusammen. Der junge Orrwe zählte einige dieser Völker auf, doch die Menschen konnten natürlich mit Namen wie Ssann, Enulen, DeGrellchi, Iskelauri, Kelo-de-Keileock und T'Kirk nicht viel anfangen. Allerdings bekam Mike einen Lachanfall bei der Nennung des letzten Volkes, den T'Kirk.
„Was ist denn nun schon wieder los, Mi...Miron?", erkundigte sich Taylor ein wenig genervt bei seinem ehemaligen Lebensgefährten.
„T...T'Kirk", lachte dieser, und schien sich gar nicht wieder einkriegen zu wollen. „F...fehlt bloß noch, dass unser Schiff 'Enterprise' heißt und uns der erste Offizier mit dem vulkanischen Gruß empfängt...hi hi hi hi...."
„Oh Mike!", seufzte Sheila, während Taylor bloß mit dem Kopf schüttelte. „Du alter Kindskopf!"
„Was erheitert denn euren bärtigen Gefährten so sehr?", erkundigte sich ein verwirrter Levoor bei Taylor.
Der runzelte die Stirn.
„Ich fürchte, dass ich nicht in der Lage bin, dir das in wenigen Sätzen zu erklären. Dazu müsstest du schon Mensch und auf der Erde aufgewachsen sein. Allerdings

übertreibt es unser guter Miron ein wenig mit seiner Heiterkeit. Wenn überhaupt, dann gäbe es allenfalls ein wenig zu schmunzeln. Mehr aber auch nicht. Vielleicht..."
Er brach mitten im Satz ab, den Mike hatte schlagartig zu Lachen aufgehört. Statt dessen schaute er mit großen Augen, in denen deutliches Erschrecken zu lesen stand, auf einen Punkt, der hinter Levoor, Sheila, Taylor und Pikopiko lag. Alarmiert fuhr Taylor Harris auf seinen Absätzen herum. Beinahe hätte er erschrocken die Luft eingezogen, beherrschte sich aber gerade noch, diese verräterischen Handlung durchzuführen.
Wie aus dem Boden gewachsen standen plötzlich sechs Gestalten vor ihnen. In Aussehen und Gestalt ähnelten sie auf dem ersten Blick zwei Meter großen, aufrecht gehenden Seepferdchen. Im Gegensatz zu diesen bewegten diese hier sich allerdings auf zwei kurzen, kräftigen, Krallen bewehrten Säulenbeinen fort. Im oberen Rumpfbereich entsprangen vier Arme, die in schlanken, achtfingrigen Händen ausliefen. Das untere Armpaar hielt jeweils eine gefährlich aussehende Waffe. Die rötlich glühenden Mündungen schienen einen Beleg dafür zu sein, dass diese Energiewaffen Einsatzbereit waren.
Außerdem hielt jeder der in eine Uniform aus dunkelrotem, Leder ähnlichen Material gekleideten, martialisch wirkenden Figuren einen langen, zwei Meter hohen Metallstab in einer der Hände des zweiten Armpaares. Die Spitze der Stäbe spalteten sich am oberen Ende Y-artig auf. Zwischen diesen beiden Schenkeln befand sich ein Tropfen ähnliches Gebilde, dessen verjüngtes Ende nach oben zeigte.
Die sichtbare Haut vermittelte einen borkigen Eindruck und war von überwiegend grüner Farbe in verschiedenen Schattierungen.
Im Gesichtsbereich der zwei Meter großen Bewaffneten dominierten zwei chamäleonartige Augen. Auf der Trompetenartig auslaufenden Rüsselschnauze befanden sich sechs kreisrunde Atemöffnungen. Aus dem schmalen Mund am Ende der Rüsselschnauze züngelte unentwegt

ein lange, gespaltene Zunge hervor. Taylor hatte solche Gestalten noch nie zuvor mit eigenen Augen gesehen, doch aus Erzählungen und Berichten Pikopikos, der Orrwen und nicht zuletzt aus den Träumen Sheilas wusste er sofort, mit wem sie es hier zu tun hatten.
Vor ihnen stand ein Trupp von Zon- Gardisten aus der Quintarischen Garde!
Sollte ihre Flucht bereits zu Ende sein. bevor sie überhaupt richtig begonnen hatte? Seine, und sicherlich auch die Anspannung seiner Gefährten wuchs mit jeder verstreichenden Sekunde. Der Milliardär und Kampfsportler schätzte kurz ihre Situation ein und kam zu dem Schluss, dass sie gegen die schwer bewaffneten Gardisten nicht die geringste Chance hatten. Was würde nun geschehen?
„Was haben wir denn da?", richtete in diesem Moment der vorderste Zon das Wort an die Gefährten. Die Stimme klang hoch, zischend und fistelnd und wurde augenscheinlich von zwei unterhalb des Trompetenrüssels sitzenden Membranen erzeugt.
„Wer seid ihr, wo kommt ihr her und wo wollt ihr hin....?

Ende

Das Abenteuer geht weiter:
„Nebelmond...unter fernen Sonnen"
3. >Der Sklavenmarkt von Togasta<

In der Hafenstadt Braah treffen die Gefährten nicht nur auf Zon-Gardisten. Hier treiben auch die Drool, insektoide Sklavenhändler ihr Unwesen. In einem unachtsamen Moment verlieren Pikopiko und Levoor ihre menschlichen Freunde aus den Augen – mit schlimmen Folgen! Denn Taylor, Sheila und Mike landen auf dem „Sklavenmarkt von Togasta"

4. >Etappenziel Coppalpunk<
Auf dem Sklavenmarkt von Togasta werden Mike, Sheila, Taylor und der Tallwe Gambal an den enulischen Grungscha-Farmer Niiick verkauft und an Bord von dessen Raumschiff LURKNIK verfrachtet. Pikopiko und die beiden El-Bem Auleolan und Olenolas können sich an Bord schmuggeln, werden aber von den Enulen entdeckt. Kommt es zu einer Konfrontation, oder finden die Freunde einen Ausweg aus der brenzligen Situation?